エウロパ
の
底から
入間人間
イラスト／loundraw

Design／カマベヨシヒコ

エウロパ
の
底から

入間人間
イラスト／loundraw

一章『よみがえるのだ、この電撃で』

軽くなりしかし重苦しい身体《からだ》を引きずりながら、手を伸ばす。

書き記すことが自分のすべてだから。

私は、

デビューしたての頃、自分より世間に評価されている作家を知るたびにその年齢を確かめていた。そして僕よりも年上と分かると焦燥と嫉視が次第に収まり、会ったこともない同業者に優越感めいたものを抱いていた。

当時の僕は二十歳《はたち》で、時間という財産が残っていることに安心を委ねていた。いくら華々しく活躍する作家がいたとしてもそれが二十代後半であるのなら、見ていろと勝気にはやる気持ちで重圧を撥《は》ね除《の》けたものだ。六年、七年。それだけの時間があれば、僕が同じ年齢に差しかかったときこそが、と未来の飛躍を信じて疑わなかった。

あのとき確かに、僕には時間という絶対的な『才能』があったのだ。

そして。

現在の僕は来年、三十歳を迎えようとしている。

初版が当時の半分以下になったという、一つの答えを抱えて。


振り返れば兆候なんていうものはたくさんあった。

たとえば、打ち合わせのために編集部に呼ばれなくなったこと。

たとえば、イベントで開催されるサイン会に呼ばれなくなったこと。

小説家という職業にも花のように早咲き、遅咲きがあるとするならば僕は早咲きになってしまうのだろう。僕がまだ枯れていないと喚《わめ》いたところで、世間と数字は冷ややかな評価を下す。何年も前に咲いた花びらは萎《しお》れて、変色しつつあった。

同時期に世に出た作家が本を出さなくなることを考えれば、完全に枯れているとは言いがたい。しかし映画化された一作目、アニメ化された二作目の売り上げと現状を比べれば、一人の作家の衰退を誰もが感じるだろう。それは病のように緩やかで、気づけば手遅れとなっている類《たぐ》いのものだった。

散りゆく花であるのを自覚したうえで、疑問を抱かざるを得ない。

僕は、才能が枯れてしまったんだろうか？

風が縦に、オーロラの波を描くようなイメージと音を持って吹きすさぶ。その風を受けてがたつく窓と、外の景色に目をやる。向かいの家の物干し台の上を、物干し竿《ざお》が転がっている。その向こうにそびえ立つ大きな赤い鉄塔の点滅が時折、風に流されて揺らめくようだ。その点滅と呼吸が重なる。意識して呼吸していないと、胸が苦しくなる。しばらくそのまま椅子の背もたれに支えられるようにして、ジッとしていた。

室内は暖房の温度を普段より二度高くしているが、それでも肌が乾いて軋《きし》みをあげるばかりで、身体が芯から温まるような実感は湧いてこなかった。

今日はどうにも仕事をする気になれない。寒い日が続くとやる気なんてものは根こそぎ凍りついてしまうが、今は特に、砂粒一つも手もとに残っていないような有様だ。握り拳《こぶし》を作る気力も湧かず、指の隙間から色々なものがこぼれていくのを眺めていることしかできない。伸びきった腕と共に姿勢が崩れて身体は沈み、そのまま椅子の上でひっくり返って、胎児のように寝入りそうになる。

それを遮るように喉の奥がくすぐられて、激しく咳《せ》き込む。そのお陰で、いやお陰というのもおかしな話だが姿勢が元に戻り、机の上に放置されたままのパソコンと向き合う形となる。朝から起動はさせてあるが、原稿は昨日保存した状態と変わりない。

なにも進展していないのに上書き保存を定期的に繰り返していると、それすらできずに後退していった僕はなんなのだろうと思う。いや逆に、クリック一つでやっているお気軽な保存も本来は難しい仕組みの中で行われている、高度な技術なのかもしれない。かちり、かちりと。何度も、淀《よど》んだ思考が立ち往生して、同じことを繰り返す。

そんな中でふと思い立ち、黄色い鳥を模した携帯置きに刺さっている電話を引っこ抜く。開いて画面を確かめると、自分の青白い顔が真っ黒な画面に映っていた。

「……電池切れだ」

近頃鳴らないと思ったら、電池が切れていた。充電するか少し考えて、充電器が遠くにあったのでそのまま机の端に置いた。どうせメールしてくるのは契約会社の宣伝だけだ。担当編集者からの電話などというものは既に、めったなことではかかってこない。ここ二年は作品の打ち合わせをしたこともなかった。なにを書くとも話していないし、書いた後も修正点はありませんの一言しか返ってこない。ろくに読んでいないからなにも指摘してこないのだと気づいたのは、あとがきを原稿の最後に付け足して一緒に送ったのに、後の著者稿の際にあとがきもお願いしますと要求されたときだったった。

なにもしなくても安定して、逆になにかしたところで売り上げがさして変わらない中堅以下の作家に対しては、これぐらいの扱いでいいと思っているのだろう。そんな担当編集者からかかってくるのは作品に稚拙なミスが発覚したときの言い訳ぐらいだ。不機嫌そうな声での長々とした言い訳と、申し訳程度の謝罪を聞くために充電器を取りに行くのは億劫《おっくう》だった。連絡が滞っても原稿さえ届けていればなんとでもなるだろう。デビューして一年か、二年だったか。深夜まで編集部で打ち合わせをしていた日のことが、まるで自分の空想であったように、不確かなものとして記憶にある。

今確かなことは、どれも直視すると気のめいる事実ばかり。

ひょっとすると、これもその一つだろうか。

目眩《めまい》がして、喉と鼻がカラカラで、頭が割れているように痛い。

「明らかに風邪《かぜ》だった」

小説の一文のように締めて、状態を自覚する。そしてその途端、手足の関節が一斉に気だるくなる。指の関節まで腫れたように重苦しい。計っていないが高熱の症状に似通っている。舌の上の唾液も粘つき、酸味が増していた。

さすがに寝ているだけでこの状態が改善されるのか、不安になる。横着してめくれ上がったままの布団を一瞥《いちべつ》して、頭痛に歯を食いしばり、医者に行くことを決める。

僕の父親は医者嫌いで『行けば余計に悪くなる』と頑なに信じているが、そんな教えを守るほど、孝行息子ではない。

仕事から逃げ出せる言い訳としては上等だ、と重い足を引きずって部屋を出る。しかし厳重に厚着して、痛む腰を曲げて喘《あえ》ぎながら靴を履き、一歩外に出た途端、僕は仕事部屋に戻りたくなる。縦断という言葉に相応《ふさわ》しい暴風が、僕を出迎える。

よりによって、こんな日に風邪をひいてしまうとは。

才能だけでなく僕自身まで枯れそうだ。木枯らしとはよく言う、と感じつつ。

静かに、恐怖する。

「……疑問で済んでいる内が花かもな」

そいつが確信に至ったときがきっと、引退時というやつだから。


近所の、歩いて五分少々の内科に行くだけでもタクシーに運んでほしいほどだった。待合室はきつめの暖房と加湿器が稼動していたが、それでも寒気は治まらない。受付で症状を説明して受け取った体温計を脇に挟みながら、肘を抱くように震えた。

待合室は円を描くように席が用意されている。僕は他の患者と極力、距離を取る位置を選んだ。席も壁も、なにもかも白い。そのせいで余計に寒々しい。

専業作家に曜日の感覚はない。毎日休みであり同時に、毎日仕事でもある。だから多分、という言葉が念頭にあるが今は平日の昼間である。その割に予防接種でも受けに来ているような子供が、待合室の老人たちの隙間に入り込むように散見される。学校はいいのだろうか。僕が子供の頃はどうだっただろう。

設置されたテレビにはなにも映っていない。向かい側にある時計の振り子を、鏡のように映して真似《まね》ているだけだ。銀色の振り子は音こそ立てないものの、この待合室の中で一番、活発に動いているように思える。他が吐息すら感じないほどに静まりかえって、落ち着きすぎているだけなのだろうが、見上げていると単調な動きに目を奪われて眠くなってくる。目を瞑《つむ》ればそのまま死にそうだった。そうした意識の希薄さを憂うように、音が鳴る。控えめな目覚ましめいたそれは、体温計の音だった。関節痛が酷《ひど》くて膝を伸ばすのも嫌だが、渋々立ち上がって受付へ体温計を持っていった。しばらくお待ちくださいと言われて、かなりだろ、と待っている客の顔を眺めながらぼやく。

席に戻る際、嫌なものを見る。入り口の脇にあるマガジンラックの横には木製の簡素な本棚がある。絵本やドラゴンボールといった子供向けの暇つぶしが用意されているのだが、その中に場違いな小説が並んでいる。

僕の本だ。しかも、初期作だけがずらずらと並んでいて、見るだけで嫌になる。

この病院の院長は僕のことを知っている。本名も、筆名も、職業も。子供の頃から高熱なり予防接種なりで訪れているので、旧知の仲といえなくもない。僕が直接、職業を明かしたことはないのだがいつの間にか知られてしまった。人の口に戸は立てられない、ということだ。その本が初版かどうか確認する気も起きなくて、すぐに顔を逸《そ》らして元の場所に戻る。また俯《うつむ》き、肘を抱いて彫刻のように身動きを封じる。

そうしていれば誰からも注目なんかされない。

僕を見て、『あ、作家の〇〇だ』と分かる患者など一人もいない。いるはずがない。僕にそれほどの知名度はない。なにより顔写真を公表したことはないので、世間への露出は多くない。ただ一度、海外のイベントのサイン会に駆り出されたときに、参加者が勝手に撮影した画像がネット上に出回っているのを見たことがある。撮影禁止というルールを簡単に無視するあたりの緩さがなんとも海外であると思わせた。あそこには二度と行きたくない。僕は顔を売って飯を食っているわけじゃないのだ。

あぁでも、連れていかれた先で食べた海鮮チャーハンは信じられないくらい美味《うま》かった。あと一メートル以上ある海老《えび》を摑《つか》んだ男に追いかけ回されたか、と思い出していると少し時間が潰れた。しかし待ち時間はまだいくらでもある。

それをすべて思い出で埋めるのは無理だった。思い出したくもないことの方が圧倒的に多い。半ば強引に連れていかれた作家の飲み会、未だ一つの賞も取れていない自身への苛立《いらだ》ち。作家になる以前の屈辱的な記憶の数々。どれもが触れるだけで深く刺さる。いや、今も刺さっているのを指で押してしまうのかもしれない。

だからなにかを思い出すことから極力離れて、未だ決まっていない新作のオチやら、締め切りを延ばすための言い訳を考える。風邪をひいたは去年使ってしまったので、また同じものだと説得力がない気もする。食中毒も現実味がない。原因不明だが頭が痛い、は少し弱いか。ゲームやるから遅れますと開き直るのも毎回は辛《つら》い。

「……なんだかな」

締め切りを延ばす言い訳を考えるなんて、昔の僕には思いもよらないことだった。といって、そのかつての僕が素晴らしい仕事をしていたわけでもないと思う。仕事の内容は変わらない、けれど長々と続けている間に小説を書くということが作業となり、明確に仕事となっているのだろう。そして仕事とは基本的に楽しくなくて辛いものだ。物語を描くことに目新しさや情熱を失って、僕が仕事道具に向き合う理由として残ったのは生活だけだ。僕は夢のためじゃなくて、金のために仕事をしている至極真っ当な大人に、いつの間にか仲間入りしていたらしい。

だったらもっと売れなくちゃなぁ、と先行きに不安を抱えて、頭も抱える。

そのままジッとしていると腕の内側の暖かさに包まれて、意識が遠のいた。


しばらく夢うつつで、舟をこいでいたようだった。

看護師の声が聞こえて、寝ぼけた目を開く。

二回ほど呼ばれてようやく、それが聞き覚えのある名前だと気づいた。

おぉ僕だ、僕だと慌てて立ち上がる。何年も筆名で世の中を渡り歩いていると、本名で呼ばれることの方が圧倒的に少なくなった。自分の足に反対の足を引っかけて転びそうになりながら受付の奥にある通路へ向かう。観賞用の水槽と血圧測定器の前を通り過ぎて、狭い通路の診察室へたどり着く。そこの壁には六十代からの健康法やら、ストップ糖尿病のポスター、カロリーチェック表と人の不安を煽《あお》って財布の紐を緩めるための様々なお知らせが貼ってある。金を儲《もう》けるために恐喝しているのと大差ない。

その中で、人生の三分の一を老人で過ごす、という趣旨の脅し文句が目に留まる。

三分の一。それは生まれてから僕の消費した時間でもある。あと三分の二か、と思ったけれど、まだ三分の二もあるのか、と思い直す。僕は二十九年の月日の内、二十年を本名で、残り九年を別の名前で過ごしてきた。そっちも丁度、三分の一らしい。

僕はあと何年、作家として生きていくのだろう。五年か、十年か。老人になってまで書き続けている姿は到底、想像できない。そこまで続けられるほど、今の僕に価値があるとも思えない。もし五年、十年して初版なんていうものと無縁になったとき、僕はこの社会に本名で復帰できるのだろうか。無理だから小説を売って生きてきたのに、年を食ってきた僕が今更、入り込める余地など窮屈な社会にあるはずもない。となると、どうするか。

まぁ、そのときは死んでしまえばいいか。

いつもそういう結論に至る。本当に死ねるかは、まだ分からない。

スライド式のドアを開けて、狭い診察室に入る。縦に細長い部屋で、右手側にはベッド、左には長机が置かれている。そして入り口から向かい側には当然、医者がいる。ここの院長だ。苗字は道《みち》、下の名前は知らない。すらりとした、いやむしろ痩せ細ってやつれているようにも見える顎や頬に比べて目元から上が平べったく広がっているので、火星人のような印象が強い。昔からこんな顔で、髪の生え際以外に大した変化がない。強いて言うなら頬が少し赤くなっているぐらいか。ゴルフ焼けだろう。

「やぁ先生、お久しぶり」

医者が親しげに声をかけてくる。顔つきの割に馴染《なじ》みやすい調子の声ではあるが、僕はこの医者に快いものを抱いていない。僕が『先生』と呼ばれるのを嫌っていることを知ったうえで、先生と呼んでくる。そういう性格の医者だからだ。近所に別の内科ができて、さっさと潰れてしまえと思うのだが十年経ってもその兆候すら見えてこない。むしろ老人の集会場として連日大賑わいだった。

「でーはいはい、今日はどうしたの。スランプ？」

「ヤブ医者め、このてっかてかの鼻水が見えないのか」

そのやり取りに笑う奥の看護師が、ティッシュを一枚よこしてくれた。鼻をかんだ後、医者が一応とばかりに診察を始める。喉は痛まないと説明したが無視して、口の中に内視鏡を突っ込んできた。喉の奥を覗《のぞ》きながら、医者がその目を細める。視界が狭まって把握しづらいが、どうやら笑っているようだった。

「そういえば新刊読んだよ、今回もつまんなかったねー」

人の舌を押さえつけたまま、好き勝手に言ってくれる。僕の状態はその一言で確実に悪化しただろう、なんという医者だ。親父の医者嫌いも少し分かる。

この男は、僕の小説を初期作の方が面白いと一貫して公言している。

それが本心からか、単に僕への嫌がらせのためかは定かじゃない。

どちらにしろ、僕にとっては不快でしかなかった。

「なにあの適当な終わり方。先生ほんと、終わり方とか下手だよね」

黙って診察しろ。そう言いたいが舌の付け根までしっかり押さえつけられていて、言葉を発しようがない。そんな手際だけいいものだな、と皮肉交じりに評価する。

「先生の作家としての余命は素人《しろうと》の私から見ても、風前の灯《ともしび》というやつだ」

「あーほぅ」

ああそう、と舌を押さえられたまま反応したつもりだった。結果として間延びした罵倒といった感じになったが、どちらでもいいかと訂正はしない。……余命ときたか。こんな医者ではどうしようもない重症だな、と自嘲と嘲りを混ぜて暗く笑う。

本当に診察しているのかと疑いたくなるいい加減さで心音や肺を確かめて、「風邪ですね」と平坦な声で言う。そんなことは最初から分かっている。これで診察料を取ることができるのだから、医者もよいものだ。さぞ質のいいゴルフ道具を使っていることだろう。

ここには薬を貰《もら》いにきただけと考えているので、形ばかりの診察でも十分だった。上着を着直して、さっさと出ていこうとする。しかし医者はまだ喋《しゃべ》り足りないようだ。

「点滴打ってく？」

この医者は金を取れるからと、どんな些細な症状でも点滴を勧めてくる。

「結構」と断って立ち上がろうとするのだが、それより早く次の話題を振ってくる。

「しかし先生の作品って、なんで急につまんなくなったんだろうねぇ」

医者がにこやかに下らない問いかけをしてくる。

僕はそう感じていないのだから、分かるはずもない。

「枯れたんだろ、才能が」

話を打ち切るために、心にもない返事で流しておく。しかし、その言葉を待っていたように医者が鋭く食いついてきた。

「先生、それは違うよ」

ぴしゃりと僕の意見を否定する。診察よりずっと鋭く、深いものを持って切り込んでくる。焼けている頬が興奮で紅潮して、本物の火星人みたいだった。

火星人に会ったことはないけど。

医者は断言する。

「才能は枯れるものじゃないんです」

あまりに自信を持っているその物言いに、興味が動く。つい肘を足につき、前のめりになりながら尋ね返していた。

「じゃあ、なんだ？」

「外れるもの」

外れる？　と心の中で反芻《はんすう》する。ぐるぐると巡る言葉の意味を、理解できない。

ただでさえ頭が痛いのに、まともになにか考えられるはずもなかった。

「意味が分からない」

僕が正直に言うと、医者は微笑《ほほえ》むばかりで具体的に説明しようとしない。同業者なり編集者でもない男のタワゴトに振り回されるのも愉快じゃないな、と身体を引っ込める。医者はそうした僕の熱の冷め具合を見透かすように、思わせぶりに口を緩める。

「もし先生が望むなら、そっちも診てあげてもいいけれど？」

「……は、は、は」

医者の『善意』のお節介を、鼻で笑う。

「そんな薬があるならついでに処方しておいてくれ。ありがたく頂くよ」

「はっははは、そいつは無理」

お手上げの姿勢で肩をすくめた医者にヤブめ、と吐き捨てて診察室を後にする。

「でも今のは本気だよ。延命処置を希望なら相談してみてね」

扉の向こうから、寝言がまだ聞こえる。聞こえなかったことにして、すぐ離れた。

ばかばかしいと一笑に付す。医者になにが分かるのかと。

じゃあ誰に聞けば解決するのか、という明確な答えを持たないままに、否定する。

向かいの薬局で薬を貰うために外に出て、温度の変化でぐずつく鼻にティッシュを当てて、強くかむ。

鼻の奥から、脳か目玉まで溶け込んでいないかと思うほど水っぽいものが勢いよく抜け出るのを感じた。離したティッシュを丸める前に眺めて、その正体を知る。

「あ」

鼻水に赤いものが混じっていた。ティッシュの端にぽたりと、大き目の赤い水滴が落ちてくる。止まるか見守っていたがティッシュが血染めとなっていく様に、あわあわと動転する。幸い、医者は真後ろだ。

すぐに引き返すか少し悩み、右足が前へ、左足が後ろへ動く。

どっちだよと呆《あき》れている間に、鼻血まで凍りつきそうだった。

実家から五十メートルほど離れた場所、保育園の隣に古めかしい小屋がある。表の水車にカビが生えて、居酒屋のように狸《たぬき》の置物があって。僕の暮らす家はそんな場所だ。潰れた居酒屋を買い取り、改装もせずに住んでいる。奥には囲炉裏があるし、黒電話より更に古い昔の電話まである。試してみたが当然、どこにも繋《つな》がらない。

古めかしい、という表現は伊達《だて》ではなく隙間風が四方から忍び込んでくる。囲炉裏に毎日仰々しく火を入れるのも手間で、電気ストーブを利用しているが背中にするりと風が入り込むだけで、部屋の暖かさなど台無しになる。風邪をひくわけだと思う。

壁越しに隣が賑やかになっているのが伝わってくる。音の大半を占めるのは子供の甲高く突き抜けるような騒ぎ声だ。隣は保育園で、今はお迎えの時間というやつだ。保育園は午後四時にお母さんたちが子供を迎えに来るのが基本らしく、その時間は極力、表に出ないようにしている。胡散《うさん》臭い人がうろついていますなどと噂になっては困るし、それは半分冗談としても人前に出るような格好でもない。

午前中の登校時間はどうせほとんど寝ているので、警戒せずとも出くわす機会がなかった。だから隣の小屋に人が住んでいると知らない人間も多いらしく、子供が我が家の駐車場に入り込んで遊びまわっていることもある。見かけると注意するか迷うが、大抵放っておくことにしていた。奥の小屋にまで入ろうとしたときはさすがに声をかけたが。

「薬もっとがんばれよ」と愚痴りながら鼻をすすり、キーボードを叩《たた》き打つ作業を繰り返す。原稿を作成する際に使うのはノートパソコンなのだが、未だに打ち間違いが多い。僕は背もそれなりにあってひょろ長いのだが、手も平べったく大きい。そのせいか、ノートパソコンのキー配置に窮屈なものを感じてしまう。

今は小説雑誌に掲載するための短編を書いている。一晩安静にして頭痛も治まったので、他の体調不良については目を瞑って仕事に取り組んでいる。辛くなればすぐ休憩するように努めていた。仕事から逃げ出す言い訳としては丁度いい。

休憩といっても寝転ぶだけで、他になにもすることがない。仕事用のパソコンはネットに繋がらないように設定してあるし、余計なものはインストールしていない。実質、原稿を作成するためにしか機能していない。余分なことができるとそちらに時間を割いてしまうと危惧して排除したが、時間の起伏を失ったことでかえって効率が悪くなっているのではないか、と最近思うようになってきた。

延々と同じ景色の道を歩き続けるばかりで、変化というものがない。道も平坦そのもので、前に進んでいることを認識しづらい。作品全体が盛り上がりに欠ける、と誰に言われたか忘れたが以前にそんなことを指摘されて、そりゃそうだなぁと我が身を振り返って納得する。小説が作家の人生の生き写しであるなら、明るく、弾むはずがなかった。薄暗く、中途半端に埃《ほこり》臭い。僕の毎日がそのまま作品に表れていた。

体調が優れないと、普段より一層、思考が後ろ向きになる。呼吸も弱々しく、このまま目を瞑っていれば息を引き取るのではと感じるほどだ。それも悪くないと思い、身動きしないでいたが身震いしてジッとしていられず、つい起き上がる。

気晴らしに、別の仕事に取りかかる。小説と平行して、公式サイトに届く感想や質問への返信も仕事の一つだ。仕事といっても原稿料は出ないので、読者サービスというやつの一環かもしれない。

昔は手書きのファンレターがよく届いたが、公式サイトを開設してメールを送れるようになってからはほとんどこなくなった。代わりに感想メールが大量に来るようになって、手書きの手紙が世間から廃れていった流れを見ているようで少し面白い。

メールは、初期の作品の続編を出してくださいという内容が一番多い。四割以上がそんな内容だ。アニメになった作品の続編希望も根強い。売れているのがこの二作品なのだから読者数からも考えてそういう意見が増えるのは当然、当たり前。なのだが。見るたびに気が滅入り、額に指を深く食い込ませて身をねじる羽目になる。

僕は来年、三十歳になる。作家として活動を続けて、足踏みばかりしていたわけじゃない。自分なりに進んで成長してきたという自負がある。アイデアを捻《ひね》り出そうと、少しでも作品を面白くしようと脳に悲鳴を上げさせながら生きてきたつもりだ。

だけどその結果、認められているのは昔の僕だ。

あの医者も言っていた通り、今の僕が書く話は求められていない。

しかし二十一歳の僕はこの世界のどこにもいない。

かつての才能を失った出がらしの僕が、昔の自分の真似事をしたところで相手が望むような結果を出せるとは思いがたい。だから続きなんて書けるわけがなかった。そもそも僕は昔の作品が大嫌いだ。稚拙で未熟で、お話にならない。当時の僕に勢いはあったかもしれないが、その頃の作品には才能なんて微塵も感じられない。未だ世に出回っているという事実を想像するだけで恥じ入りたくなるほどだ。嫌になる、嫌になる、嫌になる。

腹の底が熱い。熱した石でも抱くように燃え盛る。その熱が引いた後に残るのは張りつくような痛みだ。粘つきながら僕の胃を食い破るような鈍痛がこれでもかと持続してくる。自身への苛立ちが募りすぎて、胃が荒れてきているようだった。僕はこんなものじゃない、違うはずだという意識が捨てきれず、現実との差を嘆くあまりに起きるストレス、と説明すると哀れにもほどがある。

僕のこれまでは一体なんだったのか。見当違いの努力だったのか、なんの意味もなかったのか。過程がどれだけ前へ進もうとしても結果は後退を続けて、僕はどこにも行けないでいるような気さえした。時々、ノイローゼではないかと思うときもある。いや自覚がある内は大丈夫、「平気、へいきだ……まだ、平気」と己を鼓舞する。髪の生え際に突き刺さる爪をゆっくり引き抜くと、血がうっすら付着していた。あぁ、またやってしまった。指を拭き、感想メールに目を通す。大体いつも通りの内容だった。最新作面白かったですなんて、一通あればいい方だ。中には俺の頭を覗いて作品を作るな、と愉快な文句を送ってくる輩《やから》もいる。そんなことができるなら他にいくらでも金の稼ぎようがあるので、小説家など続けてはいない。金だ金、金さえあればとうわ言のように繰り返しながら再び大の字に寝転ぶ。板張りの床が背中に優しくない。それでも僕は自己嫌悪に打ちのめされて、動けなかった。

仕事の締め切りが迫っているときは早く終わってくれ、早く寝たいと心身共に打ちのめされるが、いざ終わってみると今度は退屈という大きな重圧に心が潰されてしまう。

部屋の隅で壁に寄り添いながら体育座りして、一日が早く終わらないかと時計を見上げる。晩飯にはまだ早いなと時計を何度も確認する。僕の毎日の僅かな起伏は食事と睡眠だけだった。都会からも離れた田舎でただ一人、孤独に仕事を続けていれば同業者との繋がりもない。更に言えば友人なんてものも生まれるはずがなく、僕の退屈はあくまで自身のみで向き合う問題となる。換気のためにと開け放った窓から入り込む風に混じって焦げ臭い煙が鼻を撫《な》でる。またどこかの畑を燃やしているのだろう。

寒々しい身体を庇《かば》うように立てた膝を抱き寄せて、ぐねり、ぐねりと身をよじる。無益だ。短編小説を書き上げて編集者に送って、今日は休暇のつもりでパソコンを起動させないと決めたがそれが僕の首を絞める結果となっている。なにもすることがない。自分で話を作るようになってからは小説もまったく読まなくなった。面白い、面白くないではなく、売れているんだろうと考えるだけで気に入らなくなって続きを読まなくなるので、無駄遣いは控えることにしていた。

僕には、それなりの貯金がある。土地という形で所有している資産も含めればかなりのものになるだろう。伊達に二作ほど売れているわけじゃない。だけど幸せか、と尋ねられれば首を横に振るだろう。短期ではあり得なくとも、一年後には仕事がなくなっているかもしれないという恐怖に日々脅かされて、更に言うなら僕は金の使い方を知らない。貯めているばかりでは楽しくもなんともないのが当然だ。

僕は生活のために小説を書いているが、同時にそれ自体が生きる理由となっている。これで仕事がなかったら、僕は本格的にどうしようもない。いずれそうなるのだろうか。あるよな、いや大丈夫、ある、ある……と頭を抱えながら前向きであろうと努める。だけどそれも永遠じゃない。僕の作家としての寿命はどれくらいなのか。

医者の言葉を思い返して不愉快だが、切実な問題だった。

作家としての生命の源が才能なら、それを蝕《むしば》まれている僕は病気なのだ。

二年前、恐らくは作家として絶頂にあった僕が二年後の現状を予想できなかったように。今の僕が二年後の自分を読みきることはできない。現状維持で文壇をどんぶらこと渡っているのか。それとも無残極まりない、枯れた屍《しかばね》が一つ、横たわるか。

延命処置を希望なら。去り際の、医者の言葉がよみがえる。

反芻するようにその声を、文字をなぞって。

「ば、は、は……」

腹が空っぽであることを自覚するような、空虚な引きつり笑いが続く。

内科の医者になにができるというのだ。反発するように動き、四つんばいでテレビの前まで移動する。めったに電源を入れることもないテレビに騒々しさを期待して起動させる。放り出されたコンセントを差し込むと、すぐにニュース番組が始まった。

テレビ欄を確かめることもないし、流行の番組、芸人というのにも疎い。世間の動きだって満足に知らない僕は、たまには勉強になるかとそのままニュース番組を見続ける。自然、膝を立てて体育座りとなり、頭が右側に傾く。腕と近づいた口からこぼれる息がくすぐったくて、寒気を呼び、身じろぎした。

「……また死んだ。へぇー……」

ニュース番組を眺めていれば、二時間に一人は死んでいる。殺人だったり、交通事故だったり……そうした報道を聞いて僕は時折……いや、いつもか。その事件を小説として発表できていたら高い評価を得ることはできるのだろうかと考える。

正確にそれを描写していけば、臨場感は今まで発表されてきた小説をしのぐものとなるだろう。なにしろ、殺人の片手間に本を書き続ける作家はまずいない。読者を納得させるリアリティに満ちた本が生まれれば、注目を浴びる可能性は十分にある。

刺殺であるなら、肉を掻《か》き分ける詳細を逐一、読者に報告できる。ウサギの腿肉《ももにく》をゆっくり切り分けるように、そしてその肉をかみ締めるように、じっくりと。僕が今まで描いてきた薄っぺらな想像を踏みしめて、ぱきぱきと音を立てながら真実が描かれる。読者の目の前に、脳の奥に人殺しを再現させることができる。それはもはやフィクションを超えて、現実を、読者の五感を支配することに等しい。

問題は自分が犯人にでもならない限り、それが夢物語であるということだ。まさか犯人と知り合いになって先に教えてもらい、それを形にするなどと上手くいくはずもない。それに現実の犯人を模写していけば必然、数日以内には逮捕されてしまう。僕の本は結末が弱いと評されることが多いのに、それじゃあ代わり映えしないよ。世間が暗くなるような陰惨な事件とテレビの光を受けて、僕は今日初めて、暗く笑う。僕も昔はよく人を殺した。勿論《もちろん》本の中の話だ。描写の大き目のやつ、小さいやつ。年間で十人は殺していただろうか。あの頃の僕はどんな気持ちで殺戮《さつりく》の描写を書き綴《つづ》っていたのだろう。そこに未来や情熱を垣間《かいま》見ていたとしたら単なる危ないやつなわけで。たった数年で別人と成り果て過去の自分を見失い、取り残された僕はその栄華を見つけようと答えを探す。それは丁度、テレビの向こうにいる人殺しに問うような不安定な心境だった。

僕は小説家になる前、どうしようもない人間だった。両親は息子が所謂《いわゆる》ニートになると信じて疑わなかったし、僕自身、社会の片隅にも収まることができないのではないかという大きな不安と向き合っていた。大学の二年か、三年の頃はどんな季節だろうと、どんな天気の下を歩いても、僕の心は地下鉄の中にあった。

結果として僕は幸運にも小説家となり、無職で大学の外へ放り出されるということはなかった。それを回避したことだけは僥倖《ぎょうこう》だった、といえる。同じような年齢で書店のレジに立つ青年を見て、そんなことを思った。彼は、コンビニやスーパーを巡ればそれが彼らとなるのだが、どんな気持ちで仕事に取り組んでいるのか。彼らは現状に満足しているのだろうか。みんな、望んで今の居場所に立っているのだろうか。

彼らの営業用の態度に芯の通ったものを感じないのは、僕の偏見かもしれない。

そんな彼らを鏡として、僕はどうなのだと自問すると。

今は望む、望まざるに関わらず小説家をやっていくしかなかった。

もう、あの不安の地下鉄へ戻ることすら叶《かな》わない。

「……………………」

口をつぐみ、歯軋りする。ついでに鼻水もすする。

この季節は、冬は嫌だ。特に二月が嫌いだ。その年の新人賞受賞者が一斉に小説を出し始めて、そいつらが僕を追い抜くかもしれないからだ。想像するだけで腸が煮え立つ。だからこの時期、本屋には極力寄りたくないのだが漫画の新刊を買うためにやむなく足を運んだ。小説家として活動してからは、他作家の小説はほとんど読まなくなった。ここ二、三年においては帯に載せる推薦文を頼まれたのでその原稿を読んだのが唯一といえる。その本も既に発売されて、この書店にも並んでいるはずだ。

本当は他の作家の作品など薦めたいはずもなく、帯に『○○○の新刊、絶賛発売中！』と自分の筆名をでかでかと書いてやろうかと最初は考えた。しかしそれはあまりに人間が小さいと思い直し、無難な内容に纏《まと》めておいた。一応、推薦文を書けばその代金が貰える。金の絡む仕事に手を抜かないのは、僕が作家として己に課す最低限のルールだった。というより、そもそも、手の抜き方というものが分からない。

逆に本気というのも不明瞭だが。力をこめてキーボードを打ったところで、指の関節を痛めるだけだ。僕が肩に力を入れて怒らせたところで、頭の中身が劇的に向上するはずもなく。枯れた畑を耕しても、急に芽が出てくる道理はない。

漫画を購入した後、そのまますぐに帰ろうとして、途中で思い留まる。せっかく来たのだから、自分の新刊の様子ぐらいは確認しておこう。そう思って振り返ると、近くの棚に聞いたこともない……いや、一度くらいは名前を見た気もする作家の作品が紹介されていた。バカがなんとか、という小説で実写映画化されるとかポップに宣伝されている。妬ましい。叩き折ってやろうかと思ったが、問題になりそうなので堪《こら》えた。

ポップを軽く指で弾くに留めてから、遠回りして自分の本を探す。他の本を極力目に映さないようにと視野を狭くしていたが、幸いにもすぐに見つけることができた。表紙を見慣れているせいだろうか。

僕の新刊が置いてあることに、まずは安堵する。昔と異なり、僕の本がどこの書店にでも並んでいるとは限らない。僕の本は平台に山積みとなっていて、仕入れてくれるのはありがたいが、売れていないのだろうかと不安にもなる。そうなるとつい他の本と見比べてしまい、迂闊《うかつ》にも今年出る受賞作まで見る羽目になってしまう。

帯には大賞作と堂々書かれて、僕の本よりも山が低く、売れ行きがよいのではないかと思わせて。それだけで気が狂いそうになり、視界が白む。世界が自分の思い通りにいったことなんて本当にないのだなと痛感して、足元がよろめいた。

頭が半分ほどどうにかなったまま、本屋を出る。外は切りつけるように鋭い風が吹きつけてくるが、太陽にかかる雲はない。快晴で、空は無心にただ青く。

しかしそれがどこかぼやけて見えるのが、今の僕だった。

降ってもいない雪に目の前を覆われて、肩に積もっていくような重苦しさを常に感じている。積もる雪をいくら振り落とそうとしても、触れた手に雪が張りつき、膨れて、ますます重く、鈍いものへと陥っていくのだ。

このままではいけない。妬みと焦りが僕を突き動かす。突き上げてくる若い可能性に触発されて焦燥に駆られるのがこうして常となったのはいつからだったか。

買った漫画も放り出して作業用のパソコンの前に座り込んでから、僕は涙を堪えるように目元に力をこめて、奥歯を食いしばる。パソコンの起動を待っている間に貧乏揺すりが激しくなって、その振動を受けて古い窓枠がかたかたと震えている。

負けたくない、勝ちたい。そのためにはどうすればいいのか。

とにかく書くのだ。形にしなければ結果が出てくるはずもない。ではなにを、とそこで勇み足が行き詰る。奇抜で人目を引いて、多くの注目を浴びることのできる話はなんなのか。そんな都合のいいものを簡単に思いつくはずがない。指先が震えるほど焦っても、目指す方向が定まらなければ一向に進んでいくことはできない。

他にろくに考えることもない無趣味の人間だ。小説のアイデア自体はいくらでもある。書き溜《た》めておいたファイルを展開して確認してみるも、どれも新鮮に感じられない。現状をひっくり返すほどの力に満ちていないと、そう感じてしまうのだ。この世界に未だ発表されていない、センセーショナルな作品を書かなければ。有象無象の作家とは違う本当の才能が僕にはある、あるはずなんだ。だから、できるはずなのに。

　飛び降り自殺したやつと鉢合わせる。宇宙人がやってくる。青空に溶け込む戦闘機がやってくる。なぜ空からやってくるものばかりなんだ。発想の貧困さに呆れる。しかも気を抜くと関連した漫画なり小説なりを思い出してぼんやりしてしまいそうになる。集中しろ、と念じて足を殴る。握り拳を何度も叩きつけて、貧乏揺すりを黙らせる。目の中が発光しているように、いやに明るくなっていく。過剰な怒りが歪《いびつ》な覚醒を促して、意識が高ぶっているのだ。とにかく、とにかくと指が急《せ》いて、まっさらな原稿にキーボードを叩き始める。

　その衝動に身を任せればいつの間にか傑作が出来上がっていないだろうか。淡い期待だが今までそんな方法で書いて、形あるものを発表できたことは一度もない。感情の爆発が未知の才能を引き出すには、僕は少年漫画の主人公からあまりに逸脱してしまっていた。うだつがあがらず過去の栄光を引きずる中年一歩手前の小説家に感情移入してくれるのは、同じ境遇の小説家しかいない。つまり同情してくれるのは自分自身だ。だからなんだ。結局なにを言いたいのだ。混乱を極めながら、僕は邁進《まんしん》していく。迷っていても、無益でも僕は止まれない。止まれば気が狂う自分を抑える自信がなかった。既に狂っているのではないかという疑惑を晴らせる自信もない。

僕は、自分にとっての正常というものを見失っていた。

何時間も座り続けて腰と尻が痛くなるのを意識し始めて、指が止まる。文章の構成を弄《いじ》りながらも、こんな話でいいのだろうかと自身を疑う。大体、この作品をどうするつもりなのか。今の環境は僕にあっているのか？　他所《よそ》の出版社、新人賞に投稿するという道もある。環境を変えれば再び花開くこともあり得るかもしれない。

そう思い至って投稿用の原稿を書き始めた時期もある。しかし半分も書かないうちにそれに見切りをつけて諦めてしまうことが大半だ。その理由としては、本当に才能があるのなら、どのような環境でも成果を出せる。そういう言葉を思い出すからだ。

皮肉にもそれは数年前、僕が他社からの仕事を断った際の理由だった。今でもその意見は正しいと思っている。だから環境を言い訳にしようとしていた今の自分は大いに恥じるべきだ。だったらなぜ僕は腐敗するように、作家としての規模を狭めていくことになったのか。才能か、やはり才能が欠けているのか。

この世界に何年もいて痛感すること、それは才能を努力で形作るなど不可能だということだ。では僕はなぜ、こんな前のめりになって追い込まれながら原稿を書いているのか。

若さと才能を併せ持つ後輩に、努力だけで如何様《いかよう》なことができるというのか。

狂騒が自己嫌悪と疑念に凝り固まることで次第に治まり、代わりに訪れるのは激しい喪失感と頭痛だった。精神の疲労は肉体のように回復の兆しを見せない。小さな隙間を見つけては入り込んで居座り、いつまでも人の心を蝕んでいる。

ぐるぐるする。胃の中と血管を、ぐるぐると渦巻くものがある。それは時々目の端にも映って、僕の神経や注意をばらばらに乱す。止まれと服の上から腹を押さえても効果はなく、命令も届かない。自分の身体の中で好き勝手に動くな、やめろ。

眠気は一切感じない。目はますます煌々《こうこう》と冴《さ》えて、気分が悪くなってくる。

なんで僕はこんなに苦しいんだ。誰か助けてくれと頭を抱えるが、それに応えるものはどこにもいない。僕に友人なんてものはいない。心許せる相手も、相談に乗ってくれる相手も、なにもない。あるのは小説家という立場にしがみつく自尊心ばかりだ。それを恨むこともない。恨んではいけない。

だって追い込まれるのも、窮地に駆けつけてくれる友人がいないのも。

すべては僕の選んできた道だった。

真っ暗な地下鉄を歩いてきた。僕の。僕の、生き方だ。

そこに曇りはない。少なくとも今は、後悔していない。

何度も、何度も埋め立てるように、念を押す。

後悔してはいけない。あの暗闇に、戻りたくなってはいけないと。

その先にあるのはこんな仮初めの苦しさではない、本当の終わりなのだから。


あれから何時間……何日？　経った？　だろうか。

気づけば座ったまま前のめりに突っ伏していた。キーボードに額を打ちつけたまま、どれくらい眠っていたのだろうか。起こした顔の先には記憶が残っている地点と大差ない進行の原稿が映っている。鼻水が糸を引き、キーボードに滝を作る。

額に触ると、中心が四角くへこんでいた。撫でる。指を突き刺す。痛い。

「ふぇ、ひ」

映っている範囲の原稿に目をやり、その面白みのなさに笑う。

心から面白くない笑いが漏れる。

僕は色んな意味で自分の限界を悟り、布団を敷き、その上に倒れる。

寝床ではなく、墓を掘ったつもりだった。

「やっぱり打っておくべきだったね」

見るたびに風船か、ホームベースを思い出させる顔の医者が僕を覗き込んでいる。内科診察室の奥にあるリハビリルームは恐らく常連である老人勢で賑わい、その二つにはさまれた部屋のベッドで寝転んでいる僕は独特の話し声が飛び交う中で、腕に点滴の針を突き刺されていた。

がむしゃらに生きる衝動に導かれて、五日後。そう、僕は五日ほど無茶をしていたらしい。その結果がキーボードとのごっつんこであり、体調の悪化だった。胃痛と寒気に限界を覚えて、あの医者のもとへやってきていた。さすがにこの歳で三日連続の徹夜は無茶だった。その結果、大した成果もあげていないのだから散々といえる。焦りは消化されたが同時に、無力感に苛《さいな》まれる。

長々と海を泳ぎ、辛うじて砂浜にあがって疲労に打ちのめされているようだった。

「先生、ちゃんと薬飲んだ？」

「馬鹿にするない、あー、んー？　あー、……あー……」

そういえば貰った日以外、飲んだ記憶がない。どこかに置きっぱなしで、そのまま忘れてしまっていた、ような気もする。ここ数日のことがどうにも曖昧だ。

「ま、ごゆっくりー」

医者が手を振って去っていく。あんなのでもここの院長だ、患者が控えているのだろう。こんな薬臭い場所でゆっくりしたくない、と点滴の残量を一瞥する。まだかかりそうだった。目を開けていると音が耳以外からも飛び込んできそうで、瞼を下ろす。

暗闇の中、点滴の針の微《かす》かな痛みだけを感じながら、静かに自問する。

なぜ、僕の作品は売れなくなったのだろうか。世間に飽きられてしまったのか。同じような作風にならないよう気を遣っていたつもりなのに。いや、逆に作風を維持できなかったからファン層というものが離れていったのかもしれない。

だからこそ、最初の頃のような作品をまた書いてくれと手紙やらメールが届く。

しかし、僕は昔の作品がどうにも好きになれない。

初期作品における、『都合のよさ』が鼻につくようになってしまっていた。人生が思い通りに行くはずもないことは進行形で経験済みで、ましてや他人もこちらの思惑通りに動いてくれるはずがない。そうした意識が強まって周囲を意識するようになってから、僕の作風は大きく変わっていったように思う。

主人公は大した理由もなくあらゆる女の子の好意を獲得しないし、作品中でやたらに持て囃《はや》されることもない。唯一つのあるべき役割を持つ故の主人公として描くことに重点を置いた。ヒーローを描くか、現実的な主人公、つまり今を生きる僕ら一人一人を等身大として描くかという点で、後者を取ったのだ。

しかしそれは間違いだったのかもしれない。僕が描くものは現実じゃない。ファンタジーに求めるものは、その都合のよさだったのだ。読者層というものも踏まえて、僕はその点を大きく読み違えたのだろう。出会う女の子は主人公に無条件で惚《ほ》れてしまえばいいし、主人公はやはり特別な存在として認知されるべきだった。

作家としての自己満足に囚われて、読者への歩み寄りを疎《おろそ》かにしていた。

売れなくなって当然なのだ。……この結論に達するのは、何度目だ？

そして次の、ではどうするという問いに対しての答えも、いつも決まっている。

今更、戻ることもできないと。

底なし沼にはまっていることに気づいても、対処できなければ絶望が増すばかり。

答えなんて、なんの意味もない。

だから僕は忘れる。きっと一眠りしたら、この鬱陶しいほど正しい答えを忘れたことにしてしまう。そして僕はまた昨日のように、なぜ自分が堕落していったのかと、自身と世界を呪いながら、ずぶずぶと沈んでいくのだ。

「そろそろ起きてくれないと困るんだよ、先生」

そんな声と共に肩を揺すられると案外、すっきりと目が覚めた。

腕に刺さっていた針の感触もない。少し身体を起こすと、火星人もどきの医者以外、誰もいなくなっていた。

「爺さん婆さんは？」

「もう帰ったよ。先生のいびきがうるさいからね」

どうやら随分と寝ていたらしい。道理で頭のもやが晴れているわけだ。

「そりゃ悪かった。営業妨害で訴えるか？」

「ははは、冗談」

「どっちでもいいさ」

医者の質の低い冗談を流してから、目を横にやる。

僕は今日、単に体調不良の改善を求めてここまでやってきたのか？

いや違う。

藁《わら》に縋《すが》りに来たのが本音だ。なかなか切り出せないが、このまま帰ったところで寒々しい部屋の隅で体育座りをする時間が増えるばかりだ。勇気を出さないと。

「なぁ」

「ん？」

小説家の先生はいない。誰が本当の答えを持っているかは、誰にも分からない。だから。

火星人の意見が、もしかしたら正解かもしれないのだ。

「あんたのいう、才能の治療ってどんなやつなんだ」

その言葉を待っていた、とばかりに医者が笑顔のまま振り向く。

口が裂けるように吊《つ》り上がり、目は燦々《さんさん》と輝き。非常に、気持ち悪い。

「なんだ先生、やっぱり興味津々か」

「余計な話はいいから言ってみろよ。心理的なケアとかそういうのはいらんぞ」

違う違う、と医者が調子よく手を振って否定する。

「もっと具体的に、ぐわーっとくるやつだよ」

大げさに前置きしてから、医者が話し始める。

「前も言ったけど、才能が機能しなくなる理由は、外れるからだと思うんだ」

「聞いた。意味は分からないが」

医者が側頭部に指を添えながら、ベッドの周りをちょろちょろと動き回る。

「脳の機能していた部分がふとした拍子に循環から『外れる』。理由はまぁ特にないものさ。電線がちょっとした風に煽られて切れる、そういうイメージを持ってくれればいい。あんな風に、繋がっていたものがぷちんと、外れるとね」

医者が自分の髪の毛をぶちんと引き抜く。

過疎地も見えつつあるようだが、無計画に間引いていいのか。

「それが才能の枯渇というものの正体だと私は推理して、研究を続けてきた」

「ふぅん……」

聞いたことのない話だった。もっともらしく聞こえるが、どうだろう。

「ではどうすればいいか。答えは簡単、電気をちょいと上手く流してその外れた部分を刺激して再接続を試みればいい。そう。刺激を与えれば勝手にくっつこうとするのだよ。迷子になっている才能ちゃんに道を教えれば、すぐ飛びついてくる。一人ぼっちが寂しいのは人間の大きな特徴だねぇ。外でも中でもそれは一緒」

医者がリハビリ室の電気治療器を叩く。エレクトリカルなパワーは結構だが、そんなどこの病院や接骨院にもありそうな器具を、得体の知れない理論に利用するのか。

一気に信憑性《しんぴょうせい》が失われていく。にもかかわらず、医者の指はわきわきと興奮に踊る。

「リハビリに来る老人に電気を流し続けて二十数年。遂に私の研究成果が発揮されるときがきたというわけだよ。いやぁ先生は運がいい、子供の頃から私のとこに通っていたからね、データは十分すぎるほどにある。つまり、私も運がいい」

指をハサミのように開閉しながら、にかっと笑みを浮かべてくる。

電気ではないが、悪寒ぐらいは背筋に走る屈託なき笑顔だった。

しかも話しぶりからすると、既に実験に参加することになっている。

「どう？　物は試しだ、やってみないかい先生」

「電気、ねぇ……」

こんな田舎の医者が、そんな新事実にたどり着けるということに信憑性を感じない。胡散臭いものを見る目を医者に向けると、それを読み取ったように反論してきた。

「先生だって、まぁ面白いつまらないはあるけどさ、『どこにもなかったもの』を作るじゃないか。他の人間にもそれができないと思うのは傲慢じゃないのかい」

相変わらず好き勝手に貶《けな》したうえで持論を展開してくる。しかし、なかなか面白い意見ではあった。確かに創作業とは、材料とかアイデアという細やかな部品ではなく、一つの商品を世に送り出すという点において無から有を作る仕事だ。

つまらないとか、面白いとか。有意義とか無意味とかそういう枕詞は無視して。

たった一つの、どこにもないものだ。

僕はそれを書けるという自信があったからこそ作家になったのだと、思い出す。

「……傲慢か」

僕にはむしろ、若かった頃に持ち合わせていたその傲慢さ、エゴが現状に欠けているのだろうと思う。そのエゴを剝《む》き出しにする、年上の医者を見つめた。

……見た目が火星人だからな。宇宙規模の技術を開発しても不思議じゃない。

そうした冗談を思い浮かべると、案外、気が楽になるものだった。

「いいだろう、やってみてくれ」

「おほふっ」

興奮のあまりか、気味の悪い声をあげて医者が身震いする。

やっぱり辞めたくなった。

「言っておくがこっちの医療費は払わないぞ」

「もちろんさ。そうこないとね」と医者が嬉々《きき》として走る。別の部屋から持ってきたコードと、奥にある電気治療の機械を僕の側へと運んできた。準備したコードの先端はハサミのように二股に分かれて、それを僕の耳に噛《か》ませてくる。学校の科学の授業で電気の交流実験に使ったやつに似ていた。コンバーターだかのプラスマイナスに食わせるやつだ。それが耳に深く食らいついて、嫌な予感しかない。ついで頭にも何箇所か、今度は接骨院で電気治療する際に用いるのと似たものを貼りつけていく。いかにも電気だ。だが、本当に電気パワーで僕の脳が覚醒するのだろうか。

改造手術でも受けるような心境で、手のひらに汗がにじむ。

忙《せわ》しなく動いて人の頭部を弄くっていた医者が「よし」と、準備を終えたように区切りをつける。風邪やリハビリ中の老人を診察するときとうって変わって活動的であり、別人のように血色もいい。頼もしいと思うべきか不安がるべきか、なんとも微妙だ。

医者がスイッチを入れた後、玩具の光線銃みたいな、リング状の装飾がついた長細い機械を両手に掴む。そして他に患者がいないからか、大声で宣言する。

「さぁ！　よみがえるのだ！　この電撃でっ！」

機械を構えて腕を掲げながら、物騒なことを言ってくれる。逆光の中で形作られるVの字を見上げていると、苦いものしかこみ上げてこない。

枯れるどころか死んでいるのか、僕の才能は。

まぁ、もっとも。死んでいても一向に構わないのだが。

今からそいつをなんとかするのなら。

作家としての僕を生き返らせてくれるなら、どんなことでも受け入れる。

フッと、脱力しながら笑って。

そうやって、格好つけた直後だった。

耳から未知の生物が入り込んだように感じたのは。

耳の中をぞわぞわぞわが駆け巡った直後、べちべちべちぴちと。

「あぎょぺぺぴぃいいぃいいいぃいぺぺぺ！」

予期せぬ威力の電撃が耳から頭の中心まで突き抜けて、思わず絶叫した。しかし叫ぶ舌まで痺《しび》れて要領を得ない声しかあげられない。「えべべ、えべ、えべべ」と電撃の余韻に舌と足が痙攣《けいれん》する。今なら念じれば、目から電撃が飛び出しそうだった。

「うるさいねー、先生。他の患者が帰ってからで丁度よかったね」

「お、おま、え、な」

「はいもう一度。よみがえるのだー！　この電撃でっ！」

医者の握る機械が迫る。目を見開いたまま奥歯を強く嚙み合わせて、身体を抱くようにして電撃に備えた。耳や頭に直接食らいついてくるそれは、覚悟していたために初回ほど衝撃的ではない。しかしその耐えている姿勢を崩すかのように、最初よりも電撃の威力が強まっていく。食いしばる奥歯が次第に浮き上がり、隙間から苦痛の声が漏れ出す。

「あぎゅぐぐ、ぐぴ、ぴ、ぐぐぴ、ぴ！」

目をひっくり返るほど激しくぎょろつかせて、笑っている医者を睨む。

これでなにも起きなかったら、今度の小説の中で殺してやる。


電撃治療によって髪がアフロになった形跡はない。……いやあれは、爆発に巻き込まれてアフロだったか？　電撃は骨が見える……まぁ、どうでもいいか。

足もとをふらつかせながら病院の外に出てみたが、なにかが変わったようには思えない。冬の風は冷たいし、頭も重いだけだ。ぱちぱちと、目の下で残留した電気が鳴っている気もする。

こんこんと叩いて「出て来い」と催促しても、神がかったアイデアは出てこない。

まだ耳の奥に電気が残っているようにぴりぴりしているが、本当に実験は成功したのだろうか。鼻水は止まらないし、とティッシュを用意したがまた鼻血が噴き出しては困るので、控えめを心がけて処理する。終わってから丸めたティッシュを握りしめた。

握った拳は病院へ来る前よりも力をこめることができた、ように思う。

点滴のお陰じゃなければいいが、と俯いた顔を起こして前を向いた。

あの医者の言葉じゃないが、と両腕を広げて願い、祈る。

「さぁよみがえるのだ、この電撃で！」

二章『悪事を重ねて出世したい』

「くそ、電撃が足らなかったか、あいつがインチキか、どっちだ」

ぶつぶつと小さなディスプレイに向けて愚痴りながら、雑誌用のあとがきになにを書いたものかと指がキーボードの上をさまよっていた。あとがきの一つを書くのにも苦労しているあたり、僕はまだ死に体らしい。

電撃治療を受けてから一週間が経過して、僕に溢《あふ》れているのは才能ではなく不満だけだった。代わり映えのない毎日が過ぎている間に風邪は完治したが、迷子は一向に合流の兆しを見せない。死体として活動できる時間にも限度がある。早くしないと腐敗して指先がぐずぐずになり、文章を打つことすらままならなくなってしまうぞ。

所詮インチキ医者の妄言だったわけだ。見るからに怪しい詐欺師に騙《だま》される人間が後を絶たないのは、僕みたいなやつが大勢いるからなのだろう。弱っているところにつけ込まれると人間、脆《もろ》いものだ。これからは詐欺被害者を笑っていられない。

単なる憂さ晴らしに電撃流して遊んだだけ、という疑惑まで出てくる始末だ。

しかしやつに文句を言ったところで『あー、じゃあ初めから才能なんてなかったんだねぇきっと』などと返されるのが容易に想像できた。それは僕のもっとも恐れる、否定すべき事実である。そんなはずがない。僕はかつて輝いていたのだ。

その輝きを恥じ入る一方で、才能の根拠として縋るものがそれしかないというのも矛盾したというか、都合のいい話だ。嫌うのも頼るのも中途半端で徹底していない。

「…………………………」

小説家になるために必要なものはなにか、と読者にメールでよく質問される。

それは間違いなく、自信である。自分の才能を絶対的に信じる強さだ。

かつての僕にあり、今にないものがそれなのだろう。

信じていれば先行きに不安を覚えることもないし、過去を振り返る必要もないはずなのだから。

「……おや」

あとがきを読み返すと、僕という部分を私と打ち間違えている。削除して書き直そうとしたが、そこで手を止めて舌が動く。

「私、私か……。私、僕……私の方がいいか？」

私は作家だ。僕は作家だ。据わりがいいのは私の方に思える。年齢のせいだろうか。人称が変わることでさして評判が悪くなるわけでもないだろうし、このままでもいいかと削除を取り消す。私は本当に、あとがきに書くことがないと。よし戻った。

毛嫌いしていた食べ物をふと思い立って口にしたら、思いの外食える味だった。そんな成り行きで、僕は私に切り替わる。来年で三十路《みそじ》に迷い込むわけだから、幼さを残すよりもそちらの方がいいかもしれない。

変声期でも迎えたように「私、私」と喉を押さえながら何度か確認して、落ち着いてから座り直す。かくして、私が生まれた。勿論他にはなにも変わらない。

「これが電撃の効果か？」

机に頬杖《ほおづえ》を突きながら自嘲する。自己啓発セミナーの受講料やまどろっこしい説明を省いて自分の在り方を変えられたのなら実験は大成功だろう。ふへへ、と気味の悪い笑い声をこぼしながら、キーボードを鈍く、重く叩く。閃《ひらめ》きはなにも見えない。

あとがきを書き終えてから外の空気を吸いに小屋から出る。

外に出た途端、表の柱に不用意に触れた指先が、静電気に跳ねた。

弾かれた指を見つめた後、柱にべったりと手のひらをくっつけてみる。

もう一度電気が流れることはなく、冷たい塊が私の手を傷つけるだけだった。

『ここの表現はそのまま載せるとぉ、ちょっとまずいッスね』

「ふーん、ほー」

珍しく人の話を読んでいるのだなぁと思った。短編だったからだろうか。

電撃治療を受けてから一週間と三日。の冬。の雨。の夜。電池が切れたまま放っておいた携帯電話をふと思い立って充電すると、すぐに担当編集者から電話がかかってきた。こういうのを虫の知らせというのだろうか。年が明けてから一月半以上は経っているが、編集者の声を聞いたのはこれが初めてとなる。新年の挨拶などというものはあるはずもなく、用件は表現を修正しろという作品への侵害だった。差別的な内容を書いたとかそういうわけではないが、どうにも本音を書き記しすぎて反感を買いかねないようであると編集者が危惧したらしい。読んだ本の感想を正直に書いただけなのだが。

反抗したところで相手は納得してくれそうもないので、「分かった分かった」と変更を了承する。適当に直すなり、削るなりしておいてくれと話をつけて電話を切る。

電流と共に書き上げた短編の感想はこれだけだった。

読み終えた編集者に電流が走るようなことは一切、なかったらしい。

「……寝るか」

人と話すと脱力する。人里離れた土地に隠棲《いんせい》しているわけでもないのに、会話というものが重労働となっていた。これで作家を引退すれば、僅かな人付き合いも完全に絶てるだろう。それは私にとって理想的といえる。なにしろ私は人間が苦手なのだから。

消灯してから布団を敷く。暗闇でも慣れ親しんだ家の中ならば、物や段差の場所はそれとなく分かるものだ。作業机の前に布団を敷き終えてからすぐに潜り込む。横向きに転がり、なにかを抱きしめるように腕を交差させるのが私の就寝時の癖だった。身体の下側となる右腕への圧迫感を気にしながらも目を瞑り、一日を振り返る。

今日も一日、閃きに恵まれなかった。進歩のない毎日だ。六十年後に死ぬことと、今の私がこれから死ぬことになんの違いも感じられない。よくないことだ。それは、とてもいけないことだ。

私の人生は私を満たすためにある。誰だって自分を満たすために生きている。

それは、なぜ、とか。どうして、とか。理由や起源などに有無を言わさず存在する、人間に課せられたルールであるように感じる。死という終わりを口伝で、映像で、様々な媒体で告げられながら生きる私たち、人間ならではのルールだ。

私はそれを今、守っていない。こういうときを人間失格というのではないか。

目に痒《かゆ》みのようなものを覚えて指で擦《こす》る。異物感はすぐに取れたが次いで、暗闇の中に、横走りの光が見える。びゅ、びゅっと緑色の輪郭を伴う強い残光が駆け巡り、思わず目を開く。顔を上げて窓の外も含めて確認してみたが、自動車の光が私を照らしている様子もない。外部からの刺激でなければ目に焼きついた残像がその正体となるが、それほど強い光を見つめていた覚えはない。

落ち着けば消えるかと、少し時間を置いて目を瞑ってみる。しかしすぐに光が私の瞼《まぶた》の裏で暴れだす。そのまま無心に努めて横になってみたが、スクリーンセーバーのように延々と巡る光の線に翻弄されて、意識が薄くなるどころか目が冴える始末だ。

とうとう、眠るのを諦めた。

「眠れん」

布団をのけて起き上がり、すぐに忍び寄ってきた夜風に身体が震える。掛け布団を背負って身体に巻きつけるようにしながら、前屈《まえかが》みに座り込む。頬杖をついてまた目を瞑ると、稲光のように光が駆け抜けて、吹き荒れる。

「稲光……電撃」

つい連想してしまう。ようやくなにか来たのか、と期待してみるがいつまでも光に翻弄されるばかりで苛立ちが募り、目を開く。瞼の向こう、静かに蔓延《まんえん》する夜が淡々と私を出迎える。室内に動きのあるものはない。曇りなき暗闇を見つめていると、揺れる心の形を詳細に把握できるような気さえしていた。

吸い込む空気の霜を伴うような冷たさが、布団との温度差もあってか心地いい。が。

特に際立ったアイデアは出てこない。雷鳴が私の脳に突き刺さるのはいつなのか。

あの医者は何度も通えと指示を出さなかった。つまりあれがすべてということだ。あの後、都合十二回ほど電気を流された身としては、それは大いに結構。最後は奥歯が焦げついて煙でも吐き出さないかと心配になるほどだった。

そろそろこう、なにかあるのではないか。電撃を受けたついでに天啓が私を貫くとか。

脳が覚醒して指が滑らかに動くとか、そういう効果もない。

「これは……どうなんだ。どうなんだろう……」

手のひらで顔を覆いながら、暗闇と自問に沈む。恥ずかしい。あんな医者に微かでも光明を見出《みいだ》していると錯覚した自分を激しく恥じる。運命を感じてしまった事実を八つ裂きにしたい。

他に希望の芽がないために、こんな不確かな種の発芽に頼るしかない。

人生崖っぷちという感じだ。

正直なところ、これは私だけの問題というわけでもない。

市場が飽和状態となり、新作というもの自体が売れなくなりつつある。毎月の出版点数が多すぎて、読者が把握してついてくることが困難になっているのだ。だから既存、新規問わず読者は安心して買える、売れ筋の本だけを買って満足する。

売れる本は更に売れて、新作は注目されなくなるという次第だ。

私にとっても業界にとっても、望ましい状態ではない。

このままではいけない。

いつも私の背中を突き飛ばすのはその焦りだった。

では一体どこへたどり着けば、私は『このままでいい』と納得できるのか。

答えはなく、眠ることもできず。明日を地続きに、歩くように待つしかなかった。

いわゆるこれはノイローゼというものではないのか、と気づいた頃には冬の終わりが見え始めていた。こんなになにも起きなくていいのだろうか、と人生に疑問を抱くほどに起伏なく日々が過ぎていく。起きて気づけば昼で、少し眠れば夕方で、風呂上がりにぼーっとしていれば夜となり、あとは眠って明日を迎えるだけという。

起きているときでも、どうにも意識が散漫だった。仕事中でも集中できなくて、すぐに横になってしまう。考え事に耽《ふけ》ろうにも砂の粒をばら撒《ま》くように注意が四方に飛び交い、しかも砂粒一粒さえ戻ってこようとしない。日を変えても一向に改善されないまま一月以上が経ってようやく、これはなんだか変だぞと思い始めた。

鬱病というのか？　いやいや、自覚できるぐらいならそこまで仰々しいものではないだろう。私は普通だ、いつも通りに、なにごともなく。

「まだ大丈夫……大丈夫、だい、だろう」

三度目の大丈夫は舌が回りきらなくて言えなかった。……大丈夫か？

とにかく気概というものが湧かない。これではいけない、気分転換だ、気分転換しよう、しなければいけないと追い詰められて小屋を出て、少し歩いた先にあるショッピングモールへとやってきていた。その道中には春を待ちわびながら輝く世界があったはずなのだがまったく目に入らなかった。そうした自然の営みに感動できないで気分など変わるものだろうか。大いに疑問を抱いたまま、モール内をうろつき回る。軽率にも休日に訪れてしまったらしく、騒々しいばかりの小僧や小娘の電波じみた声が四方から飛んでくる。その中に私の本を購読する客がいるかもしれないと思えば我慢はできるが、賑やかさが少々堪《こた》える。

それと壁の色がどうにも目につく。黄色を基調としていて落ち着きというものが感じられない。正面から眺めていると胸のあたりを突かれて気圧《けお》されそうな気になる。

色合いにすら負けそうになりながら、人の流れの端を泳ぐように歩く。歩く。歩く。歩くばかりでなにも起きない。なにを見ても買いたいと思えないし、興味も湧かない。店の前をことごとく素通りしてただの散歩になっている。散歩なら壁と天井に囲まれた室内よりも開放的な外を歩く方がマシではないかと出入り口に振り向きかけたが、今の調子で暢気《のんき》に外をさまよっていたら自動車に撥ね飛ばされそうだと思い直す。轢《ひ》いた方に申し訳ないので、大人しく安全な場所で迷子になることにした。

やる気というものは売っていないだろうかと巡って、一周したところで足を止める。宝くじの売り場の側で大きく溜息《ためいき》をつき、帰るか迷う。死体として歩き続けるか、横になっているかの違いでしかないが、さてと首を振ると、案内板が目に留まる。

そこの二段目に、見知った名前があったからだ。以前に書店で見かけた、バカなんとかという作品の実写映画が上映紹介に名を連ねていた。ほーん、と感情が大して隆起することもなく受け入れる。普段の私なら怒り狂い、歯の一つも欠けさせるところだが今は背中を突き飛ばす焦燥すら無縁だった。……なるほど、ならばこの映画を観るというのは、ある種の気分転換に相応しいのかもしれないな。

敵愾心《てきがいしん》を抱く他作家の映画でも観れば、少しは奮起を促せるかもしれない。どこか他人事《ひとごと》の荒療治に流されて、映画館のある二階へと足が向かった。エスカレーターはいい。勝手に連れていってくれる。

私もまた、日々を時間というエスカレーターに乗って運ばれている。上がったら最後、下ることはできないが。

二階に上がってから標識を頼りに映画館へと向かう。チケットを購入して、脇で販売しているキャラメルコーンの甘い香りをめいっぱい吸い込む。鬱屈とした気持ちを僅かに晴らしてから、館内へと入った。館内を埋め尽くす真っ赤なシートと、巨大な暗幕が目に優しくない。既に客がいることに、つまらないものを覚えた。

いいぞその調子だ。私は醜い嫉妬心がほんの少しでも芽生えたことを喜び、出入り口から近い席に着く。私は視力が偏っていて、右は標準以上だが左の目玉は矯正が必要なほどの近眼となっている。なぜそのように差がついたのかは分からない。気づかない間に、別人同士の半身がくっついて今の私にでもなったのかもしれない。

やがて上映時間となり、入り口を示すうっすらとした明かりを残して館内が消灯する。他の３Ｄ映画やらの宣伝を挟んで、本編の上映が始まった。タイトル通り、全裸の男がいきなり画面に出てきて走り回っていた。安直な内容だ。奇抜なことをやれば注目されると思っているのか、この作者は。原作がお粗末では限界があるな、と鼻で笑う。実のところ、映像を半分も見ていない。気づけば目が横に逸れて遠くを見ていたり、目を開いてこそいるが焦点が合わなくなっていたりと、相変わらずの散漫な注意力でまともに鑑賞などできなかった。

つまりこの評価はまったく参考にならない、単なるやっかみだ。かつての私が忘れようとして、閉じ込めることぐらいはできて。しかし作家として落ち目になるにつれて、心の奥底から噴出するそれを押し留める術《すべ》を失っていった。心の海に一度生まれた、感情という生命体は、簡単に滅びることがない。日の光すら当たらぬ海の底でも生き延びようとする。

あぁ、腹が立つ。己の弱さと向き合えなどと言うが、嫌いなやつと顔を突き合わせても喧嘩《けんか》にしかならないことぐらい、誰でも思いつくだろう。実際、私の弱さを上映するように騒々しい映画を観賞していても、数分も経てば不快感で胸がいっぱいになる。

私を突き動かしているのは、怒りと恐怖だ。

今の立場を失って、なにもかも残らないのではという恐怖。

この世界で思い通りに生きていけない、自分の不甲斐《ふがい》なさへの苛立ち。

その二つを補給するには丁度よい映画だと、強がりを交えて思っていた。

ぼーっと、極力、目の焦点を合わさないままに映画の場面を受け入れて。

目の上を、映像が滑っていく感覚がずっと続いて。

青い光と人影が鼻と頬の上を踊って。

その、強い光のせいだろうか。

段々と、暗闇の向こうに違和感を抱き始める。

いつもはふと冷めていくその怒りが、このときに限っては際限を失っていた。目の上あたりで止まるはずの黒いヘドロめいた感情が更に上を目指して侵入を図ってくる。

気づいた私は思わず手で顔を覆ってしまうがなんの効果もなく、鼻の血管が切れるような痛みと、喉の奥からやってくる血の味に翻弄されて目を白黒させるばかり。そうこうしている間に、大きな感情の塊が脳に入り込み、あっという間に、詰まる。脳の血管を通るには太りすぎたそれによって、血液の行き来が滞ってしまう。現実にあり得ないそれをさも真実のように錯覚して、私の混迷は酸欠のような息苦しさと共に深まる。手をばたたと振り、助けを求めるも皆、映画に注目しているしなにより、そんな奇妙な人間に救いの手を差し伸べる奇特な者はいない。

なんだこれは、と混乱しながら悶《もだ》え苦しみ、次第に闇が深まる。
映画館を包む暗闇よりも濃密に、冷たく、寒く。海の底に沈むように。
私自身の心に溺れていくような、内面の闇に埋没していく。
そして、その最中。
限界に来た脳が破裂する際、亀裂のように光が走る。
それは、どこかで浴びた電気の光を彷彿《ほうふつ》とさせるものだった。
駆け抜ける稲光が私の目もとから飛び出す。
その光が、私の目に刻み込んだもの。
暗転するスクリーンを、そのビジョンが埋め尽くす。
太陽の光を浴びるように、私はそれを全身で受け止めた。

頬骨の下に刃物の先端が入り込むと同時に、噴出した血がナイフに文様を描いた。
相手は老婆だが血に皺はなく、色褪《あ》せた様子はない。もがき苦しむ老婆の声に応えてナイフを引き抜き、剥がれかけた頬の肉を元の位置に押し込む。薄皮で繋がっていた肉を押す指に血が吸いつくようにまとわりつき、その意外な冷たさに肝を冷やす。春の息吹《いぶき》は、人の中に息づいていない。

　老婆は衝撃と苦痛の余り、勝手に息を引き取っていた。念には念を入れて喉元に刃を突き立てると、塞いだ頬の肉がかぱりと割れて、溜め込んだ血潮が溢れかえる。洪水でマンホールが吹き飛ぶときを連想する盛り上がり方で、ナイフを引き抜けば元に戻るかと期待して試してみたが、傷は開いたままだった。やはり縫わないとどうにもならないようだ。

　返り血を浴びていないか確認する。その過程で目にかかった、緩い癖のついた前髪を摘まんで引っ張る。見慣れた茶色のままで安心してから髪を離す。次いで老婆が握っていたタオルを奪い、顔を拭く。少し右に曲がっている鼻や、厚さを日頃から気にしている下唇を念入りに拭いた。タオルは洗濯の途中だったらしく水気を含み、程よく血を洗い流せたようだった。

　やむなく皆殺しとなったが、無事に全員始末することができた。リビングの窓は夜間ということもあり藍色のカーテンで塞がれている。背が高いとはいえないが家を囲むブロック塀も含めて、よい目隠しになる。黒塗りのテーブルに腰かけて、斜めを向いた三本足の椅子に足を載せて息を整える。隣の椅子には座って顔面を横向きに突っ伏した、父親の遺体がありこちらを向いていた。頬の脂は死後もテーブルに付着し続けるのだろうか。人間は殺害されてからどこまで、生前を保てるのか。死んでしまえばその直後からなにもかも失われた肉の塊になると思いがちだが、今はまだ肌にも張りがある。骨がすべて繋がり、息だけを潜めている。

この男の抵抗に遭い、二発ほど殴られた影響で口の中を切っていた。自分の歯で傷ついた唇の裏側から、鉄臭い血の味が広がる。他人の血は生臭いが、自分の血は鉄の味が強い。

実家から長く離れた後、ふと飲んだ水の味の鉄臭さに驚くときと似ていた。

背もたれの赤い椅子を足場にしてテーブルから降りた後、騒動のせいで敷く位置のずれた紫のカーペットの上を歩く。窓際に置かれた観葉植物の、ブラインドのような形をした細長い葉でナイフに付着した血を拭い取る。血に濡れた葉は丁度、日のもたらす陰影のように黒ずみ、丁度よい色合いとなっていた。死んでいる老人より、気に入ってしまった。

リビングに転がる三人の死体を一旦置いて、他の死体が逃げていないかと確認しに回る。

家族を放って逃げだそうとした母親の遺体は玄関でお辞儀をするように大人しくしている。脇腹を蹴るとダンベルを蹴るような確かな質量と重みがあって、不用意にやってしまうとこちらの足を痛めそうだった。

転がる母親の死体の傷を検分する。不要な刺し傷が幾つか見られるのは無我夢中だったから。自分の家ではないところで人を殺すのはこれが初めてだったというのは、なんの言い訳にもならないだろう。飛び散った肉の中から、再利用できそうな部位を探す。使えそうなものを見つけて傷口と合致すれば、糸で縫って繋ぎ直すことにしていた。

解体して内臓を引きずり出す、飾るといった使い道も想像はするのだが死体は重い。もう少し軽ければ色々な可能性が開けるのだが、生憎《あいにく》といったところだった。子供と母親を強制的に糸で繋いだり、唇を入れ替えたりと細々したことは試したが、どうにも美しさに欠ける。

それならばいっそのこと、崩れているより繋がっている方がいい。のしかかるときに崩れてしまうと処理が面倒だし、興ざめだからだ。極力、損傷を押さえて殺害しようとはしているのだが逃げ惑う相手を狙うというのは難しいものである。やはり狩りと異なり、人間は無抵抗なものを仕留めるに限る。

そう、狩りのつもりなどなかった。一方的に始末する算段で準備をして赴いたというのに、人間は予期せぬ出来事に翻弄される。飽きやすい性分を自覚している故に気が急いていたとはいえ、もっと確認して実行に踏み切るべきだった。まさか、目当てとして乗り込んだのにその子が今夜に限って家にいないなんて。

忍び込んだ二階の部屋が空だったように、心ももぬけの空のようだ。

情報が昨日で終わっていたことを心から悔やむ。これではただの惨殺だった。

本懐を遂げることもできずに、衝動にかられと保身をはかったせいで死体が山を作ってしまった。

あぁ。あの子は、どこに行ってしまったのだろう。

そこで、『上映』は終わった。同時に目の奥からの負荷が、ぐんと増す。
脳が、目が痛い。きしきしきしと擦れ合い、軋む音が聞こえる。充血した部位が傷となり、瞳を刻んでいくようだ。周囲が私に奇異な視線を向けているようだが、応える余裕がない。涙が朝露のように滴り、
今、見えたものはなんだ？　間違っても映画の宣伝ではない。他の連中にはあんな文章、見えていないだろう。あれは実際のところ、映画館のスクリーンに映ったわけではないように思う。今のは、私の目に浮かび上がったものなのだ。色濃く、いつま

でも焼きつくそれに目を焦がされるような痛みを与えられて、おおよそ理解する。そして頭の奥で、切れた電線から火花が飛ぶように、電気が弾けている。それは脳細胞を踏み潰すような感覚と音色を伴いながら、私を強く刺激していた。

今のは、小説だ。

私が思い描いた小説なのか？　もしそうであるならそれは、凄《すご》いぞ。ものの数秒もかからないであれだけの文章を書くなんて、あり得ない。あり得ないほどの創作欲求が私の中で遂に爆発を起こしたのか。奥底で蓄え続けられていたそれが、尚《なお》も私を奮い立たせてくる。同時に、潮水に苛まれていたような傷口も次第に、その痛みに慣れてくる。

痛みが治まった後、去来するのは目が冴えるような快いものだった。

「これは、いいぞ」

私のなにかがそれを高く評価していた。浮かび上がったその文章は、ようやく合流した才能の奔流に違いないと確信する。心の底を漂い、光なき海をさまよっていたそれが、電気信号に導かれて遂に、地表へと噴き出したのだ。そうだろうか？　そうだろう、と強く肯定する。

晴れやかで、手の指が離れてひゅうひゅうと、風の吹き抜けるような感覚。俯いて拳を握りしめていれば味わうことのできないそれを、如実に感じる。意固地に握りしめていたそれを開くだけで、顔を上げるだけでよかった。そのきっかけを、今の『現象』が与えてくれたのだ。

私は最高の気分で映画館を飛び出す。扉を体当たりするように押し開けて、チケット売り場の前の広場を踊るように駆ける。実際、私の身になにが起きたかを正確には理解していない。ただバカみたいに気分がよく、そして焦っている。一刻も早く、小説を書きたいと。

この、小説を書きたくて仕方ないという強い欲求。書かなければ、という強迫観念と似て非なる衝動は、私が生きていく中で摩耗して、失われたものだった。

それを今、激しく思い出している。噴水はいつまでも私の中で猛《たけ》っていた。

その欲求に応えるように、ペンがやってくる。正確には人もくっついていたのだが構うことなく、市の総合案内所の側を歩いていた女の手にあったペンを奪い取った。灰色の制服を着た女がいきなりの行動に目を丸くして、暴漢とでも勘違いしたのか叫びそうになっているが知ったことではない。ペンを手にしたならやるべきことは一つ、忘れないようにと腕に書き記し始める。しかし手の甲ではとても足りなかった。細く頼りない腕では面積が不足している。舌打ちしながら走り出す。モールの壁の白さを見てここに書き記すことも考えたが、持って帰ることができそうにないので諦める。二階を駆け巡り、本屋なり雑貨屋なりはないかと一秒を争う意思を持って探す。映画館から丁度、半周したところで百円ショップを見つけて、ノートが売られていることに狂喜する。すぐに手に取り、床に敷いて猛然と書き記し始める。忘れないうちに、少しでも多く書き留めておく必要がある。一度見た限りの予兆もなき開花ではあったが、まるで自分が書き記したものをなぞるように、順調に思い出すことができた。私の才能の源泉から、何度も同じ噴水が湧き上がる。

力強く、何ページも貫くような筆圧が白紙を蹂躙《じゅうりん》する。指先や手の甲が軟弱にも悲鳴を上げるが、力を緩めることができない。骨の軋みから生ずる血潮をインクとするように、がりがりと、紙を引き裂いて克明に記録する。

店の床にうずくまって、腰と膝の痛みを強く感じながら書き記していると、肩を揺さぶられる。なんだ邪魔するなと顔を上げると、困惑に眉根を寄せる店員が私に影を与えていた。もう少し認識が遅ければ、その喉をペン先で突き刺していただろう。

「お客様、お代金を頂いておりません」

言葉に困っているそぶりの店員が、警戒を露《あら》わにしながら私に声をかけてくる。

ん、あぁ。そうか。そうだったな。

「いくらだ？」

「百円です」

そうか……そうか、そうだった。

すばらしい！

こんな大傑作を百円で買えるというのだから、世の中、ちょろい。


丹念なる虐殺を売りにするというのは、私にとって原点回帰も含んでいた。なにしろ私の初期作は新規の登場人物の半数が殺されていく傾向にあったからだ。振り返ると少々、軽薄に殺しすぎていた。小説は漫画より更に手軽に殺人を描写できてしまうので、ついつい簡単に殺してしまう。反省することしきりだ。

これからはもっと敬意を払って惨殺していこうと思う。

「殊勝な人殺しだな、私は」

自嘲も前向きに受け止められる、そんな精神状態であること自体に笑ってしまう。

やはり人間、展望が明るいものでないと仕事がはかどらない。

そう。こいつにはなんとなく、いけるという確信があった。

作品が目新しいのか？　刺激的か？　革新的か？　いやどれも当てはまらないだろう。

虐殺が目新しいのではない。私の中でその情景に刺激を受けて、創作意欲が芽吹いたことが大事なのだ。思えば私の小説に目新しいところは少ない。ではなぜかつて、私に確かな人気があったのか。才能が息を吹き返したのなら、その答えに再び近づけるだろう。

溢れ出す自信と活力は、私の中でなにかが蘇《よみがえ》ったことの確かなる証拠だった。

メモした箇所以外も、書けば書くほど次々に情景が思い浮かび、後はそれを文章という形に変えていくだけだった。これが、才能の現れでなくてなんだというのだろう。いくら書いても嫌気が差すことはなく、疲れや眠気を感じない。あの電流が今頃になって機能したのか、それとも怒りのあまりに血管がぶち切れて頭の大事な部分が少々崩れてしまったのか。定かではないがよき方向に転じているのは確かなので、この状態を維持するよう努めよう。

どれだけパソコンと向き合っても疲れこそ感じないが、一つだけ芽生えるものがある。簡単に言うとソワソワする。昔からそうなのだが、素晴らしいものに出会うと妙な気恥ずかしさや高揚感から落ち着きを失い、継続してそれを享受することができなくなる。本でもゲームでも同じことが起きて、つい合間に別の物事を挟みたくなる性分なのだ。今回の小説はそれと同様のことが起きている。つまり、自分の小説を面白く感じているのだ。恐らく、これが初めてだ。

　そこまで来ると、まるで自分の作品ではないように感じてしまう。くすぐったく、尻の肉がむず痒くて、そうなると仕方なく執筆を中断してその場を離れることにしている。とはいえそれは、『はーやれやれ仕方ないなぁ』といったものであり、休憩を取ることにすら余裕を感じる。よい傾向だった。逃げるのではなく少し寄り道をする感覚だ。腰が軽く、喉が渇かない。寝不足のはずだが欠伸《あくび》もまったく出てこなかった。

　上機嫌に身を任せてなんの気なしにテレビを点けると、黄色いものが映った。丸く黄色く。なんだろうと屈みながら見てみると、星の表面を観測した映像のようだ。遠い遠い星の海が、氷の隙間から噴き出したというニュースだ。そこには生命の可能性があるという。

　星の名はエウロパ。聞いて思い出すのはクラークとジーンダイバーだ。どちらも幼い私の好奇心を大いに満たしてくれた。回顧もあり見入る。水が氷を、まるで割るように溢れる。その強き奔流は、私の心に起きた変化と合致していた。だからだろうか、時と寒さを忘れてジッと、番組の終わりまで一心に見つめ続けていた。ものの二分か三分ではあったが、濃密だった。

その噴水を実際にこの目で見たわけではないが、強い強いイメージを想起する。それぐらいの想像力を働かせてこその作家だ。いぶされたように黒い板張りの床に寝転んで、浮き出る肋《あばら》の骨を擦《さす》りつけながら、木星第二衛星へ思いを馳せる。

太陽の遠い地上と空。氷の薄暗い軌跡が星の表面を巡る。氷点下百何十度が当たり前の、人から遠い未開の地。けれどもその厚い氷の向こうに、人は希望を見ている。自分たちとは異なる生物、可能性の夢を掬《すく》い上げようとしている。噴き上がる水は、その遠い希望に応えようとしているのか。瞑った目の奥には、作り上げられた情景がありありと浮かぶ。

その噴き上がる水のように。

私の才能は今も、暗く静まった空に向けて、せいいっぱい噴き上がっている。

それを見届けてから目を開き、身体を起こす。

「がんばろう」と、素直に自分を応援できた。


一冊を書き上げるのに三週間弱というのは、かつての私のペースだった。それを今回は復活させることができて、それがまた手応えをより確かなものとした。書き上げた原稿は既に編集者に送ってある。とはいえ、返信メールの内容は原稿ありがとうございましたぐらいだ。

早かったですねとか、劇的に面白くなったとか、そういう感想はまったく期待していない。書き上げたところで打ち合わせは一切ないからだ。今回も読んですらいないだろう。なんというか、リードを一切しない捕手といったところか。こちらから投げたものを受け取って処理はしてくれるが、コースも球種もすべて投手任せというわけだ。気楽といえばそうだが、やつは本当に編集者なのか？　と時々疑問になる。まぁ免許制ではないし、肩書きなど名乗ったもの勝ちなところもあるので、他人が分類することではないだろう。

その編集者の放任……というか、お陰、というか、まぁ、というか。によって私は基本、自由だった。どれもそこそこには売れるためにシリーズの打ち切りを宣告されたことはなく、〇〇出しましょう、と指示を出されることもなくなった。羨ましがる同業者もいるだろう。

しかしすべてが自由であるというのは、前方こそ広大ではあるが、後退すれば一切を失う。結果を誰のせいにもできないからだ。社会という大きな、先行きの見通しが悪い海で生きるにはあまりに心細いようにも思う。自分によほどの自信がなければ、自由はほどほどでいい。

私は当然、信じているのでなんの問題もない。

よかろうと悪かろうと、私は私だと胸を張って言える。

だから私の人生の結末だけは、誰にも譲らない。譲れない、も正しい。

「……ん、ん、」

目に痒みが走って、ゴミでも入り込んだかと指で擦る。しかし涙はにじむものの、一向に痒みが治まらない。次第に点がまとわりついていたような痒さが集合して、目玉全体を膜で覆うような痛みに切り替わる。そこまで来ると暢気に構えていられず、身体を起こして手のひらで患部を覆う。指先を肌に食い込ませながら激痛に耐えていると、まさか、という思いが生まれる。まさかまた、と目を見開いた直後、表面の痛みが溶け込み、頭の奥に滾《たぎ》っていく。

鼻血が逆流していくような感覚と共に再び、眼球を光が蹂躙した。

布井《ふい》孝彦《たかひこ》は去年まで勤めていた塗装会社を辞めて、父の農業を手伝っている青年だった。彼は表向き、仕事に嫌気が差して辞めたと説明していたが本当の理由は、老いた父の腰が長年の農作業によって曲がったままで治らないことを見かねて実家に戻ってきたのだった。

布井孝彦は仕事を辞める直前、職場でふと両親のことを考えた。自分の余生は何十年と残ってはいるが、両親といられる時間というものはあとどれくらいなのだろうと。布井孝彦は遅くに生まれた子供であり、同年代の人間よりも両親と歳の差が激しい。学校の授業参観に並ぶ母を見たときから、そのことに漠然としたものを感じていた。小学校の卒業文集にも、『僕が大人になったとき、両親はおじいちゃんおばあちゃんになっているからがんばって助けてあげたい』といった旨を書き記していた。大学進学のために上京して一人暮らしの時間を過ごして、そちらで就職先を見つけて何年も実家から離れていた布井孝彦は長らくそうした気持ちを忘れていたが、正月に帰省する度、両親の曲がった背中が心に引っかかった。

後先を考えるならば軽率な判断かもしれない。しかし、布井孝彦は結局、そうした様々な葛藤を経ながら仕事を辞めて、両親と共にいる道を選んだ。彼は父の代わりに柿畑の手入れをして、畑の世話をする毎日を送り、仕事の辛さと、その辛さを両親が請け負うことによって自分が育ってきたということを受け入れて生きていた。

布井孝彦の行動には賛否があるとしても、その心持ちに慈愛が存在するのは確かだった。

だが、死んだ。殺されてしまった。

老いた両親よりも早死にするという親不孝を残して。結果として彼の判断は間違っておらず、後先など考える必要もなかったのだが、果たしてそう納得して死んでいけただろうか。

彼はもう永遠に新しくならない。死ぬとはそういうことだ。その人間のあらゆる次が訪れない。だから、どれだけ近しい人間であっても、いずれ必ず飽きる。変わり映えのない、死んだ人間に飽きてしまう。死んだ人への悲しみを忘れていくのは、その人間に飽きてしまうからだ。

古いデータを残して、更新される機会は決して巡ってこない。

布井孝彦の『これから』はそうと決まっている。

殺した人間が保証するのだから、間違いない。

以上が今回、目玉を走り抜けていった光の軌跡となる。

この感覚がもう一度訪れるとは予想していなかった。しかし少し考えてもみれば、新刊一冊で途切れてはどうしようもないのだから、こうしてまた才能の源泉が活発化するのは当然だった。今回は目の奥に加えて鼻の内側に火傷《やけど》のような痛みを抱えながら、パソコンの前に座る。

次を書けとせっつかれているようだ。頭の中に指令を出す小人でも住みだしたのだろうか。幼少期、自動車のウィンカーを出しているのは小さい妖精であると勘違いしていたことを思い出しながら、見えた内容をメモする。今回はＰＣのメモ帳に書き込んでおいた。これならば風呂場で洗い落とす手間も省ける。前回は筆跡が強すぎて血も混じり、酷いことになっていた。

どうせ書き始めればすぐにでも思い出せるのだが、念を入れて記録して保存した後、冒頭を少し書き出してみる。軽快に指を動かしている間に頭痛や鼻の奥の痛みも消えて、障害がなくなることでつい没頭してしまう。姿勢も最初は片膝を立てていたがあぐらをかいて尻を下ろし、腰もその場に落ち着かせてしまっていた。希望とやる気がムンムンわいてきた、やむなし。

結局そのまま、八ページほど書き進めてしまった。時計を見上げると、二時間も経っていない。この調子が続くなら今回は二週間ほどで書き上がってしまうかもしれない。時間を書ければ仕事が丁寧になる者もいれば、飽きて嫌気が差して雑になるやつもいる。私はどちらかというと後者なので、悪い傾向ではないだろう。とはいえ、またソワソワしてきたので席を外すことにする。いかんなぁ、いかんいかん。

私の気の紛らわし方も安直というか、これしかないのかなぁとは感じるのだが壁に背をつけて屈み、テレビの電源を入れる。テレビはいい。なにがいいって、選ばなくていい。適当にチャンネルを回せば好き勝手に番組を流してくれている。これが本だと選ぶ必要があり、そこで悩んだりしたならば休憩にならない。気楽さというものでテレビに勝る娯楽はなかった。

ほげーっと、口を半開きにしながらバラエティ番組を流し見する。その最中、原稿から少し離れて熱が冷めていくことで、疑問を持つという余裕も出てくる。自然、体育座りのように立てた膝を抱えながら、斜め上を向いて自問に耽《ふけ》る。

ああやって、文章が露骨な前振りと共に浮かんで。

分かりやすく知らせてくれるのはいいが、どうも、妙だ。

あんなことは、昔の私に一度も起こったことがない。デビュー作も同様だ。

才能を呼び戻すという実験がその通りに上手くいっているのなら、過去に起こっていないことが今こうして表れているのはちぐはぐだ。私の身に起きているこれは、まったく別の現象ではないのだろうか。なんだと聞かれても困るが、しかし、どうなんだ。


実験は本当に成功したのだろうか？

確認しようにもあの医者にだって分からないだろうし、被験者も他にいないと思う。

「……となれば、これは、」

私が千年に一度くらいの逸材だから起きうるものだろう。

そういうことにしてみると案外、納得できた。私の本質は楽天的なのかもしれない。


そして一ヶ月ほどが経過して、その新作の発売日を迎えてから数日が経っていた。

発売直後の興奮も冷めやり、客観的に事態を把握できる時間となっていた。

「うーん、まぁ、こんなものだな」

今日も今日とて近場の本屋を一通り巡りながら、少々期待しすぎていた自分を恥じる。さすがに発売されてから数日で劇的なものがやってくる、というのは無理があった。高望みするわけではないが、発売するまでに間があったため、期待が募りすぎたのも事実だった。

十日以上前に送られてきた見本誌でも、店頭に並ぶ本でも内容は変わらず、ばんばんと人が死んでいた。といっても殺害されるのは冒頭の一家だけで、後は生き残った少女の復讐《ふくしゅう》奔走劇というところだが。結末は、買って読んでからのお楽しみだ。

他の平積みされている本の上に一冊ずつ自分の新刊を載せる作業が終わったので、何食わぬ顔で本屋を出ることにした。最近はやっていなかったが、デビューした当時は発売日に毎回訪れて、律儀にやったものだ。効果があるとは思えないし書店員の仕事を増やすだけで大不評だとは想像つくが、なにもせず帰るのも作家としては辛いものだ。

発売日を待ちわびている間に春は陽気という花を落とし、五月晴れを見上げた記憶もないままに空気が湿る。外を出歩くのは散歩でなくなり、吸い込む空気に鼻がふやけそうだ。梅雨が服と肌の間にみっちり詰まり、実に不愉快ながらも足取りは以前よりずっと軽いものだった。

「……ないな」

バカを言ってないで帰ることにした。

本屋を見ている限り、売り上げが極端に上がる様子もない。しかし私の底から噴き出すように生まれた閃きは確かなものだ。指先の痺れるような手応えもある。現状維持でも、後退でもないという意志がある以上、私にとっては成功だった。

二作目も順調に書き上げて、既に原稿を送りつけてある状態だ。この調子で三作目、と考えてはいるのだがあの激痛を伴う分かりやすい閃きは今のところやってこない。短編の依頼もあるのだが手が止まっていた。まぁ、アイデアというものは出したいときにぽんと出るような類いのものではないので、焦る必要などないのだろうが。

「……しかし、それもおかしな話だな」

明確な閃きがなければなにも書けなくなりそうで、僅かな不安が胸をよぎる。才能に依存していくと、いつかまた、海の底へ探し求めて溺れてしまいそうな気がした。この飲み干せそうもない青い空から降り注ぐ光を忘れてしまうほどに、暗く深い海の底。絶望とも呼ぶ心境から今の私はやってきた。かつての私とは意識の在り方が別人のように異なる。

才能を見失った私は暗闇に身を投じ、結果、帰り道も見失った。そこを救われた、というのは確かなのだがあの医者に素直に感謝する気になれないのはなぜだろう。電流を十数回受けたせいだろうか。回数と出力が本当に適切だったのかという疑問が今尚根強い。

そういえば随分と時間は経ったが、やつは成果を詳しく聞いてくる様子もない。実験に飢えていたのなら経過も気になるだろうに、連絡先も記入したし、住所は当然把握しているだろうからいくらでも訪ねてこられるだろうに。来て欲しくはないが、或《ある》いは新刊の内容で判断するつもりなのかもしれない。それならば今回の本を読んで、どう思うことやら。

火星人の好みに合うといいが。それができたら私はワールドどころかスペースワイドだ。

「……っくふふふ」

道を歩きながら笑い出すのは悪印象なので自制しているが、つい、漏れてしまうときもある。

今が丁度、そんないい気分だった。酒は飲めないが、陶酔とはこういう心境かもしれない。

小屋に戻ってから歩き疲れた足を休めるべく、壁に背中をつけて座り込む。それから、点けっぱなしにして消し忘れていたテレビに目をやり、ニュースをなんの気なしに観る。今日は海が氷を割るようなこともなく、また当たり前のように人が殺されたらしい。本の外も中も人殺しでいっぱいだ。悪人と付き合いがないせいか、なぜ、人が簡単に人を殺せるのかと現実味を失った気分になる。私が世界をくまなく歩き続ければ、そのどこかに人殺しがいるという事実は想像するとなかなかに恐怖である。私を殺せば人類の宝が一つ減ってしまうぞ。

などとそれでもまだ他人事として、テレビの向こうを眺めていると。

あり得ないものが、画面に映った。

目を疑う。心臓がばくりと、大きい鼓動を一つ残した後に停止する。呼吸も忘れて前傾姿勢となりテレビに顔を近づけるが、すぐに画面が切り替わってしまう。事件の現場である家とその周辺が高い視点から映されていたのを観て、それにもまた驚愕《きょうがく》する。そこを、知っていたからだ。

ニュースがすぐに終わってしまう。獅子《しし》が跳ねるように両手を前足代わりに使い、リモコンの置いてある位置まで飛ぶ。震える指先を押さえつけるようにしていうことを効かせながらチャンネルを変更して、今のニュースを報道していないかと探す。被害者の多い事件ということもあり、どこのテレビ局でも取り上げていた。途中、まったく関係のない霊能力検証で白面の者のような白塗りを施した女が甲高い声で叫んでいて「うるさい！」とテレビに向かって思わず怒鳴りつけてしまう。すぐにチャンネルを変えると、ようやく確認、できてしまう。

被害者の名前を、今度こそ確実に目にする。

そこに映っているのは知り合いではない、しかし、どういう人間かを知っている。

「私が、」

私の新作の被害者たちと、同じ名前だった。

それが一人だけなら偶然も通る、だが。人数も、年齢も、同じ？

血が凍るのを感じる。腕を走る血管が冷たく固まり、循環が滞っていくのを強く感じる。動きが失われて音が消え、ぱくりぱくりと声がないまま開く唇の音さえうるさいほどだった。

私の作品が発表数日で映画化されて、その番宣をやってくれているとか、そういうことでもない限りは、これは。呆然《ぼうぜん》としていると、電話が鳴る。ホラー映画の一幕のように私を怯《おび》えさせたそれを、虚勢を張って掴み取る。充電などしておくべきではなかったかもしれない。

相手は編集者だった。他の、犯人とか被害者とかじゃなくて、安心してしまった。

「……はい」

出てきた自分の声の重さが、舌の上で小石のように感じられた。

『あ、先生。テレビ観ましたか？　ネットでも流れてますけど』

「あぁ、あぁ。私の小説と、」

『そう、被害者の名前が同じなんですよ！　それどころか年齢も、被害者の数も一緒みたいですね。地名は、特定してなかったですけど。ついさっき警察から電話がかかってきました』

さらりと言ってはいるが、編集者の声も若干上擦って、動揺しているらしい。

「警察、から？」

『ええ、一度話を聞きたいと。それで編集部に』

「バカな。私はなにもしていないぞ」

警察が話を聞くということは、関与を疑っているに決まっている。しかし私は今の今までなにも知らなかった。私は犯人扱いされる謂われはない。警察の世話になったことなど一度もないためか、気が動転して焦っているのが分かる。

『いえ勿論、先生は関係ないと思います。けど模倣犯という可能性もありますし、とのことで』

「……模倣犯？」

『はい。とにかく一度来て頂けないかと。先生も聞きたいことはあるでしょうし』

などと編集者は言うが、あるのだろうかそんなもの、と疑いたくなる。

知ってしまうからこそ、崩れていくものもあるような。

「……分かった、今から編集部に行けばいいんだな」

『はい、お待ちしてますー、はいー』

いつものように締めて、電話を切る。電話を下ろして、しばらくそのまま固まっていた。

せっかくの充実感に大量の水が流れ込んできて、息苦しくなってくる。大きな泡が私という器の中でぐりぐりと動き回り、喉に苦しさと痛みを与えてくる。

「……どうなっている？」

私の本が出て、それと同じ死に方をした者がいる。

つまり、模倣犯。真似をしたがる犯人がいたということだ。それは間接的にせよ、私の小説のせいで人が死んだということである。その事実を意識すると、胃が重い。

私に非がないとしても、やはり気分のいいものではない。本が世に出てからまだ一週間も経っていないのに、同名の人物を探すとは恐れ入る熱意だが、到底褒められたものではない。

「……しかし」

年齢、家族構成、家の外観。

ここまで似ていることなんて、あり得るのだろうか？

棘《とげ》のように刺さるその疑問をいくら抜こうとしても、私の思考の指が傷つくばかりだった。


移動中に考えを纏めることなど到底できなくて、その割には車内で少々寝入ってしまったが、久方ぶりに編集部に呼ばれた私がアルバイトに会議室へと案内されると、既に担当編集が待機していた。顔を合わせるのは大体一年半ぶりとなるが、相も変わらず、なにとは具体的に言わないが中毒患者のように目の下がくぼみ、酷く疲れた顔つきをしている。道の行き帰りで職務質問に二度遭った経歴は伊達ではない。挨拶もそこそこに、奥の連中が動き出す。

見知った編集者以外にも私を待っていた人間がいる。そちらは警察の人間だろう。男女それぞれ一人ずつが私の前にやってきて自己紹介してくる。

女の刑事の方は上社《かみやしろ》と名乗った。白妙《しろたえ》とも映る、薄く美しい色合いの金髪を上で束ねて纏めている。整った格好と相まって、刑事というよりＯＬに見えた。微笑んではいるが、人懐っこさは伴わず、むしろ見る者の警戒心を煽った。笑顔は本来攻撃的云々《うんぬん》というやつだろうか。

本当に警官なのかと疑いたくなる雰囲気と見た目だ。

「お話を伺ったところによると先生は滅多に出歩かない方らしいので、本日は出てきて頂いて光栄です」

女刑事が深々と頭を下げる。どうにも慇懃無礼《いんぎんぶれい》に感じるのは過剰な反応だろうか。

「……先生と呼ばれるのは嫌いなんだ」

私は教師のように、人を導くような器ではない。

「では、大先生とでもお呼びしましょうか？　あ、それと後でサイン頂けますか？」

「……早く済ませて帰らせてくれ」

座りながら敢《あ》えて横柄な態度を取る。謙虚に出て肩を狭めていると、動揺が更に広がって醜態を見せることになりそうだったからだ。虚勢を張る私を見透かすように、態度の悪さを咎《とが》めない女刑事がにこりと微笑したまま向かいに座る。男の方もそれに倣って横に座った。

ちなみに男の方の名前はもう忘れた。興味がない。女刑事の方は忘れようにも、その嫌みなほどの存在感でなかなか忘れられそうになかった。恐らく、こっちが主体だ。

「本日はご足労頂き」

「分かった聞いた、刑事さんありがとう。本題に入らないなら帰るぞ」

私の隣には編集者が座っている。が、私が助け船を求めない限りは発言しないだろう。

迂闊なことを口にするわけにもいかない。それと若干萎縮しているように見えるのは多分、私が犯人であるという疑いも本当に僅かながらではあるがありうるからだろう。

「作品から受ける印象通り、我の強い方なんですね」

「私は作品で自分を主張したことはない」

自分に殺人の哲学というものはないし、ラブコメの真髄を語るほどの経験もない。理解し得ない己の外にあるものを目指してあがくという点においては、創作というのは神に近づく宗教と、その修行の関係に似通っていた。小説を書くとき、私は敬虔《けいけん》な信徒のような心持ちに至ることとすらある。

「勝手に分かった気にならないでくれ」

「では今お話しして、十分に分かり合いましょう」

さも名案とばかりに手のひらを合わせて、人の神経を逆なでしてくる。

生憎だが、お喋りな女は、嫌いだ。

「理解する必要を感じないが。それより聞きたいことを早く聞いてくれ」

大体、こんなところで私に話を聞いている暇があるなら、犯人の足取りを追った方がどれほど賢明か。私だってまだ混乱したまま整理がついていないというのに、妙な女の相手をさせられていてはそれがはかどるはずもない。

女刑事はようやく本題に入るつもりなのか、微笑んだまま、柔らかく口を開く。

「今日、お話ししたいのは先生の小説の通りに人が死にました、という件についてです」

人聞きの悪い言い方をわざと選んでいるのがすぐに分かる。

「不思議な事件もあるものです。先生はこれを偶然とお考えですか？」

「……偶然、とは考えづらいだろうな」

慎重に言葉を選ぶ。この女、少しでも失言すれば私を足もとからひっくり返してくるような危うい気配があるのだ。大げさかもしれないが、人を疑うことが仕事の女に隙は見せたくない。

「では？」

「犯人が私の小説を真似した、のだろう」

そうとしか考えられない。女刑事は困ったように右の眉を折る。

「真似する、と言いましても気軽にできることではないでしょう」

「そうだな。個人で行うには大変かもしれない。しかし複数の人間で取り組んで用意すれば不可能ではないように思う。それこそ演劇の舞台を準備するように、だ」

「ふむふむ。集団での犯行と、なるほどー」

女刑事が深々と、非常にわざとらしく頷いて感心してくれる。思わず舌打ちしてしまった。

「素人の意見を小馬鹿にして楽しいか？」

女刑事の頬の動きが止まる。いい機会だからと机に肘を突いて身を乗り出し、女を覗き込むようにしながら指を突きつける。

「はっきり言ってやるが私はお前みたいな女が大嫌いだ。自分を賢いと思っている人間の振る舞いほど愚劣なものはない。分かるか、私は同類が大嫌いなんだ。私を少しでも不快に思うのなら映し鏡を見ているとでも考えて、少しは改めることだな」

相手の立場がなんだろうと一切考慮することなく、言いたい放題に罵倒する。その過激さに編集者と男の刑事、両方が腰を浮かせかけたが女刑事が「まぁまぁ」とそれを手でやんわり諫《いさ》める。言われた張本人であるにも関わらず、押さえる役を平然とこなす女の態度に、ふへ、と笑いが漏れる。まったく効いていないようだ。その図太さに呆れてしまった。

「激情家ですね、先生は」

「あんたみたいなのと向き合って平然としていられる方がどうかしている」

「貴重な意見をありがとうございます。……あ、そうそう。先生は演劇のように準備した、と仰《おつしや》いましたが家具を外から運び込んだような形跡は一切ありません。すべてその家に初めからあったものです。唯一、被害から逃れた娘さんが証言してくれました」

娘が被害に遭っていない。そこまで私の小説と同じ展開なのか。それはともかく、腹立たしいのは私の証言を待ったうえで情報を明かしてくることだ。こちらの立場を不利にする方法を心得ている女に、ますます不快なものを感じる。そうした駆け引きは好ましくない。

「つまり、家具の配置もそっくりそのまま、『元からあった』、ということですね」

「…………………」

なんだそりゃあ。どういうことだ、とこちらから聞きたい。

しかし聞いてはいけないと、なにかが、私の頭を押さえつける。

「先生はどうお考えですか？」

「どうと聞かれてもな……犯人は私の狂信的なファンというところかな」

これ以上、失言をしないようにと言葉を控える。後手に回るようで下策に感じるが、そうした腹の探り合いに慣れているわけでもない以上、専守防衛しか道がなかった。

「それだけですか？」

女刑事が小首を傾《かし》げて、うっすらと細い目で私を見つめる。

試すような、探るような視線が私の顎の下をすり抜けて、喉元に届く。

ことごとく気に障る態度だった。

「私は探偵じゃない。他にどう見解を示せというんだ」

「んー」

女刑事がそこで初めて、言い淀むような態度を見せた。苦笑するように目を瞑り、男の刑事の方を一瞥する。男は『なんスか』といった表情でそれに応えるが、女刑事は結局相談をすることもなく、再び私に向く。そして私に、こう尋ねてきた。

「先生って、変なものが見えたりしませんか？」

「……変な、もの？」

舌の付け根が痺れるほどに内心、動揺する。悟られまいと咄嗟《とっさ》に俯いたがそれすら不自然だっただろうか。変なもの。浮かび上がる小説の一節。まさか、あれのことを言っている？

「守護霊とか死神なんてものが見えるなら話は早いのですが」

「はぁ？」

「そういう線でもないみたいですね」

女刑事が私の素っ頓狂な裏声から、納得したように自身の髪を弄る。しまった、と思いかけたが、しまった、のか？　女刑事がなにに納得したのかまったく分からない。

「そうだ先生、ファンの不躾《ぶしつけ》なお願いを一つ聞いていただきたいのですが」

「……なんだ」

お前はファンじゃないだろうと言いかけたが、余計な話が長くなるだけなので省いた。

「次に出す作品の原稿、読ませて頂けませんか？」

女刑事の要求は前置きに恥じない程度には不躾だった。なぜそんなものを、と少し考えればその意味はすぐに理解できる。まさか、『次』もあるなどと考えているのか、この女。

……あるのか？　否定する材料は、悔しいことに私の中にない。

しかしこれまでのやり取りから、反骨の精神も育まれるというものだ。

本来は編集者が返事するべき要求なのだが、させてしまうと『はい』が出てきそうなので、隣の顔色を窺《うかが》いつつも私が先んじて答える。

「読みたければ編集者になるんだな」

事件の機密を一般人に公開しないように、原稿も関係者以外に見せることはできない。少なくとも今はまだ私の作品と事件の明確な関連性など分かっていないのだから、捜査に全面的に協力する必要などないはずだ。

なにより、こんな女のお願いなど聞きたくないというのが本音である。

読みたいなら、発売日に買って読め。

「そうですか、それは残念」

食らいつくことはなく、爽やかに引き下がる。淡い髪の色が示す通り、言葉も態度も軽快だ。重厚さのない人間の物言いなど信用に値しないと、分かったうえでの振る舞いだ。

「そういえば先生、この作品の主人公に『名前』はないんですか？」

「……名前？」

「殺人犯の名前です。おつけにならなかった？」

澄ました態度と物言いで、直感的な感想だが語尾に腹が立った。

「書いて、なかったか……そうだな、特にない。必要か？」

「もしあるのなら、簡単に『分かる』かなぁと思いまして」

やはりそういうことか、と理解する。犯人の名前が分かれば、現実でそいつを探すというわけだ。だが生憎と、犯人の名前は書かれていない。なぜ、と深く問うことなく、女刑事を睨む。

「楽はできませんねぇ」

「……私の作品ではよくあることだ。にわかめ、他の作品も読んでから来い」

シッシと手で払う仕草をすると、「そうですね」と女刑事があっさり受け入れた。

「今日はこれで失礼して、勉強し直して参ります」

今日は、という部分も気にはなるがそれよりも、そのにこやかな態度に腸が煮える。好き勝手に話して、用が済めばこちらの都合などお構いなしか。

怒鳴って引き留めてやることもできないのが、歯痒い。

尋ねたいことは山ほどある。しかしこの女が相手では聞けば聞いただけ、藪蛇《やぶへび》になりかねない。虎穴もイノシシも今は縁遠く、罠《わな》と分かって尚頭を突っ込む時期ではないと判断した。ここは堪え忍ぶべき……とはいえ、やられっぱなしも面白くない。

最後に虚勢の一つも見せないと、納得できそうもなかった。

「おい、サインはいいのか？」

女刑事が唯一、回収し忘れた嘘《うそ》について言及してやる。

振り向いた女は言葉に困る様子も一切なかった。

「本を車の中に忘れてしまったので。次の機会にお願いします」

よくも堂々と避けてくれる。次などあるはずがないだろう。

女刑事が最後まで微笑みかけてきたので、こちらも唇を吊り上げるように、歯を剝き出しにして笑い返す。恐らく目の下が引きつっていただろう。友好の欠片《かけら》など間にはなく、猜疑心《さいぎしん》と敵意が交差するばかりの拙《つたな》い交流を残して刑事たちは会議室を後にした。

完全に退室するのを見届けてから、肩を落とす。疲れた。一戦、本当に殴り合ったかのように疲弊して、肩に重しが載っていた。来るんじゃなかった、と断れるはずもないことを理解しながらも後悔する。あの女刑事、あの手の人間に出会《でくわ》すのは久方ぶりだ。

大体、聞きたいことって、一つしか聞かれていないぞ。しかも荒唐無稽な質問だ。あの女、私を挑発して喧嘩でも売りに来ただけのようだな。……なにが目的だ？

あの女は私を犯人などとは見ていない。しかし、なにかを疑っている。

一体、私になにを見ているのか。

「いやぁ、大変なことになりましたね」

編集者が脱力しながら言う。

「そうだな」と適当に返事はするが、大変なのはむしろこれからだろうと考える。私の新刊が事件との合致点から噂になるのも時間の問題だろう。無責任な連中が囃し立てて、私を犯人扱いすることも容易に想像できる。その他にも……いや。それは、あり得ないとして。

警察の連中が動いて、犯人が捕まったとき、本当に私の名前をあげるのか？

それとも。

「………………………………」

本当に、なにが起こっているんだ？

ある一つ思いついた可能性を封じ込めて、私は、惚《ほう》ける。

目を瞑る。

事件から一週間が経った。長い、眠れない七日間だった。

事件の被害者への申し訳なさ、などという殊勝なものはまったく持ち合わせていないが作品へのある疑問から苛立ち、寝付けない日々が続いていた。閃きにより導かれてきたはずの私の爽快な気分はどこへ消えたのか。見えていた光は開けた楽園の輝きでなく、文字通り、一瞬の閃光に過ぎなかったのか。矛盾しているが、目を瞑らなければ、今すぐにでも私は周囲が真っ暗闇であると気づいてしまうかもしれない。

私の内面の変化は沈み込むための重しが増すばかりだが、外部ではよくも悪くも派手な展開が続いている。皮肉にも模倣犯のお陰で、私の本は予想以上の売れ行きを獲得した。号外の新聞を手に取るような感覚で人々の手に行き渡り書店の平台を占拠した。こんなことは初めてだ。重版の連絡が連日来るなんて何年ぶりだろう。私の乾いた肌が、他人の血を浴びて潤うのを感じる。

食物を口にして生きるように、他人の死から糧を経て生きる私こそが、現代の吸血鬼と言えるかも知れない。同時に、書店も出版社も大賑わいだ。犠牲になった人たちを供物に捧《ささ》げる祭りのようである。しかしそのうまみを受け取っている当事者である私に、なにが言えるものか。

唯一の不服は、これでは実力で売れたのだと誇れないことだ。話題性で売り上げが先行するというのはどうにも面白くない。本当に一緒だぜ、という驚きが、面白いという感動を容易《たやす》く食い散らかしてしまうところを想像すれば、愉快になれるはずもなかった。

「……驚くのも分かるが」

小屋の隅に座り込みながら、立てた膝を撫でて呟く。六月下旬、寒いはずもないのに足もとを毛布で覆い、なにか耐えきれないものに襲われそうになるとそれを頭からかぶって、身体を丸めながら堪えていた。汗をかいて唇がひび割れる。段々と、才能を見失っていたあの頃に退化しているように感じる。

たった一時の栄華。私は、アルジャーノンだったのだろうか。

「…………………………………」

考えれば考えるほど、奇妙な一致だ。偶然にしても、あまりにも重なりすぎている。

世間はこれをどう見ているのか、気にならないといえば嘘になる。雑誌からの取材依頼も何十件と来たが、不用意な発言は控えるという編集者の意志とも合致して、今のところはすべて断っている。中には事件解決の糸口を、などと心にもない口実で迫ってくる記者もいたが無視に努めた。私は別に事件の解決などに興味はないからだ。

ネットを巡れば作品の評価などそこらに溢れていることだろう。邪推もこじつけもきっと盛り上がっている。しかし私はそれを調べようと動き出すつもりはない。見たところで私が反論できるわけでもないし、なにより、私には関係ないことだ。

事件も、犯人の思惑なんていうものも。

「…………………………」

第一の事件を起こした犯人の動機は、その家にいる女子中学生に暴行を働こうというものだ。そのために入念な下調べをして決行したが、把握しきれない偶然からその女子中学生だけが外出中というお粗末な失敗に見舞われてしまう。中学生は友達の家に泊まりに行っていたのだ。その上、侵入して出会えなければすぐに脱出すればいいものを、家の中を探し回ろうとする、愚鈍な判断に出てしまった。そのせいで中学生の祖父に発見されてやむなく、皆殺しに及ぶ羽目となった。犯人は殺したくて殺したわけではないのだ。

勿論、同情する余地などあるはずもない犯人だ。しかしこれは、お話の中の犯人像である。

現実の犯人の動機とはなんなのだろう。犯人はまだ、捕まっていない。

想像を巡らせていれば今日もまた、眠れそうもなかった。眠れないのならせめて時間を有効活用しようとがんばってはいるのだが、どうにも上手くいかない。今日もやってみるかと毛布を剝ぐように置いて、草履《ぞうり》を履いて外に出る。小屋の外の、元は駐車場であったアスファルトの上には通販で購入した望遠鏡が設置されている。長夜を少しでも紛らすべく、数日前に購入したのはいいのだがいかんせん、天体観測は素人もいいところだ。勝手も、星の種類も手探りではなにも分からない。色々と弄ってはみるのだが、見えるとき、見えないときがあって今ひとつ摑みきれていなかった。それでも私は今夜も、望遠鏡を覗いてみる。

買った一番の目的は、エウロパを見てみたいというふとした思いだった。氷の向こうの海に、生命体の可能性があるかもしれないなんて。あんな遠い星、過酷な場所に夢を見るのは、ちょっと考えれば凄いことだと誰でも分かる。本当に星があるのかも私たちは知らないのに。

見たこともないのに、鮮烈なイメージを想起させる存在。それは見るはずのない出来事を読者の頭にイメージさせる、小説としての在り方の理想そのものだった。

その星に自身に眠るものをなぞらえて、つい、見上げてみたくなった。

今見えている、金平糖《こんぺいとう》ぐらいの大きさの星がエウロパかどうかも分からない。名前の分からない星が光っているばかりだ。

それでもと見つめ続けていると、音が鳴る。間違っても星からのメッセージではない。

「……電話だと」

望遠鏡を放置して小屋の中に引き返す。草履を蹴るように脱ぎ散らかして上がり、携帯電話を取ると相手は編集者だった。まさかまた警察に呼ばれているから来いという話だろうか。居留守を使ってやることも考えたがいつまでも逃げ切れるわけではないので意を決して電話に出ることにする。

「はい」

『あ、どうもー。〇〇の〇〇です』

社名と名前を名乗る。いつもの電話の始まり方と同じだった。

「なにか用か？」

『いえ、原稿の打ち合わせをしようかと』

「なに？」

耳を疑う。どういう風の吹き回しだ、と無言の中に問いを忍ばせる。

『いえ、今年からは心を入れ替えて仕事しようと……』

「ふぅん……」

六月に出した本は一切打ち合わせをしていないのだが、この男の今年はいつから始まっているんだ？　警察に呼ばれたときに編集部へ行ったのだからそのときに済ませてしまえ、と思ったがあの段階では原稿を読んでいないのだからできるはずもないか。そこまで考えて、なるほどと納得する。売り上げを見て、か。

売れたらまた打ち合わせをして、手柄に一枚噛もうというわけか。そのあまりに分かりやすい態度の変化にはむしろ好感を抱く。はっきりしているやつの方が話しやすい。

そして、これは当然の反応でもある。売れるやつが優遇されて当たり前なのだ。その差があってこそ、実力や名声に価値がある。

「分かった。原稿立ち上げて……よし、いいぞ」

『ええまずは２ページの……』

懐かしいやり取りがそうして始まり、それは電話を持つ手と二の腕が痛むまで長々と続いた。

最後には編集者の手のひら返しを受け入れる程度に、その打ち合わせを楽しむ。一時間以上に渡って、結構な量の修正点を指摘されることとなった。本当にこんなところ変えたいのかという描写も含まれてはいるが、久しぶりに打ち合わせの電話などして、ちょっとした充足感のようなものはある。しかし、だがしかし、だ。

電話が終わってから、すぐに陰鬱な気分に逆戻りする。

心に張りついて取れない、黒い穴のような不安はなんなのだろう。

こうして事細かに描写を変えて、いいのか？　と私のなにかが問う。

その躊躇《ちゅうちょ》、反対に、どういうことだ、と自問する。この漠然とした恐怖は、絶望はなんだ。なにを意味している、と己の心境を探る。しかし、誰かがひた隠しにしているように答えは見つからず、心労ばかりが募っていく。まるでそうして私を疲弊させて、考えることを中止するのを願うように。頭の上の靄《もや》を振り払うように腕を振るが、その動きに振り回されて、空回りした胴体がねじ切れるように痛んだ。脇を押さえて膝を突き、顔をしかめる。

「いたたたた」と痛みに釣られるように、俯いた。そのときだった。

下を向いた額に垂れ下がるものを感じた直後、急速に頭部が痛み始める。

鼻から水でも入り込んだように鋭いものが走り抜けるのを感じて、鳥肌が立つ。

「また、」

言い切る前に、激痛が私の眼球を引き裂く。

溢れる血が、陰惨な事件の到来を祝福するように目の上で踊る。

実益という点を踏まえて我流秀一《がりゆうしゆういち》を殺すしかないと思い立って、決行するのには相応の時間を必要とした。今までの未解決の事件を踏まえてか、我流秀一の警戒心というものは一般のそれよりも遙《はる》かに頑健なものとなり、それに加えて警察の監視めいた視線もその周辺に多く感じられた。しかし我流秀一に疑念を持たれていることが明確となっている以上、放置を許すことは安全のほころびに繋がる。街を逃げ出すことも考えたが、我流秀一が警察へ情報を提供するようなことがあれば、逃亡したところで組織力に追い詰められると判断した。

我流秀一は痩せ形でヒゲと顎の薄い男で、しかしその目つきには独特の粘着性がある。一度動き出せばしつこく足もとを這《は》いずり回る蛇のように、こちらに絡んでくる。こんな男に目をつけられたのは不幸というほかない。そしてやつにとっての不幸にもなるだろう。

また、同じことが起きた。痛みも、現象も焼きつきも、すべてが繰り返しのようだ。前回と同じようにすぐ記録に走ることもできず、膝を突いたまま頭を抱える。

頭を乗っ取られているような気分ですらあったからだ。

胃が、胸がむかむかする。

私はいつから、登場人物の名前をこんなに簡単に決められるようになった？　これだけは小説を書き始めた当初からずっと苦労していたはずだ。私にそんな才能はないはずなのだ。

これは本当に、私から生まれたものなのか？

私でないのなら、どこからやってくるというのか。

「……いや」

私は小説家だ。私の作品にあるものは、すべて私なんだ。丹念に描かれた惨殺も、執拗《しつよう》で醜悪な欲望も。端から端まで私から発せられたものだ。私の底から、やってきたのだ。

「そうに決まっている」

根拠がないまま、握った拳を床に叩きつける。

芯のない腕はいくら握りしめても頼りなく、そよ風にも耐えられそうになかった。

そして、このときから二ヶ月後。

世界は、私の『思い通り』となる。


「まただと？　……また、死んだ？」

『はい……』

編集の声も表向きは暗く沈んでいる。内心ではこれでまた話題になってバカ売れとでも考えているかもしれないが、いや、それはいい。それはいいんだ。

肝心なのは、なぜ、また、という部分だ。

今度は新刊が発売されてから、二日後のことだった。たった二日、私が本屋を巡る気ににもなれないで寝転がっていた二日間で、再び非現実的な事件に巻き込まれることになった。

被害者の名前は布井孝彦。親思いの青年が畑に向かう途中で殺害されたという。去年まで上京して塗装会社に勤めていたが、親の仕事を手伝うために実家へと帰ってきていた……そうだ。

家族構成も顔つきも経歴も、私の小説そのままだという。前回もそうだったが、名前はまだしも人相や過去まで同一であるというのは、あり得ない。

私が創造主、神でなければ、あり得ないほどの類似だ。しかし私は神ではない。

私が神なら、こんな事件を公にするはずがない。

「しかし、時間は……昼前に、昼前？　そう、だよな。今、連絡を貰うなら昼前にしかあり得ない……それに、刺された場所が首？　腹ではなく、首なのか……」

編集者からの情報に戸惑いつつも、一つずつ飲み込んでいく。

それがなにを意味するのか理解しようとして、脳の端が一気に痺れた。

「とにかく、一回、切るぞ」

『はい。あ、テレビで見るなら……』

編集者がなにか言っていたがすぐに切る。

電話を終えた後、小屋の中をぐるぐると、檻《おり》の中の動物みたいに歩き回る。ジッと座り込んで考えられる心境ではない。目まぐるしく変わる景色に酔い、吐き気を催したあたりで殺人事件↓また起きた↓なぜか私の作品と同じ、とそこまで流れが纏まる。

そして、それが逆流する。

私の作品↓なぜかまた同じ事件↓明らかに偶然ではない。

偶然ではない一致。しかし社会が私の思い通りにいかないように、犯人もまた、多くの人間で構成された社会をそこまで思い通りにできるとは、思いがたい。普通ならば、だ。

その普通から逸脱しているのは、どちらだ？

限りなく遠い点と点を結んでしまっているのは、誰だ？

「……まさか」

これは、ひょっとして。

犯人が私の真似をしているのではなく。

今まで私が見てきたものは、自身の深淵《しんえん》から噴き出してきた未知の才覚などではなく。

まったくの、逆、

「そんな、はずは……はずが、ないじゃないか」

あり得ない考えに行き着いた頭を掻きむしるように、額を押さえて呻《うめ》く。よろめき、臑《すね》を机の角にぶつけながら尚も「違う」と虚勢を張って、顔を上げようとしたところで追い打ちがかかる。びくりと、横から肩でも叩かれたようにその音の出所に怯える。

誰かが外から入り口の戸を叩いた。風の悪戯《いたずら》ではなく、人影も向こうに映っている。

時折来る新聞屋か、工事の知らせかと思い、実際他に訪れた試しがないので無視を決め込もうかと思ったが尚も叩き続けるのでやむなく、出てみることにする。途中まで歩いたところで足の裏が冷ややかであることに気づき、見れば靴も履かないで下りていた。履きに戻るという余裕もなく、動転した気を静めないままに戸を不用心に開いてみる。

風の強い日だからか、開けた途端に生温《なまぬる》い夏の風が私の鼻や胸を打つ。

その風と共に、外には、小柄な女の子が険しい顔を伴って立っていた。

なんだ、この子は。

お隣の保育園に通うには大きすぎるし、送り迎えにしては幼すぎる。背丈や雰囲気から中学生ぐらいと見る。唇は不機嫌そうにひん曲がり、背負ったリュックにかかる指先は硬い。乱れた髪の向きによっては、少年のようにも見える荒々しさがあった。

しかし掻き分けた髪の向こうにある顔の輪郭の柔らかさは女の子で。

まったく心当たりのない訪問者だった。

「××××先生ですね？」

声もやはり少女のそれだった。私の筆名を口にして、あっているかと尋ねてくる。

道を聞きに来たとか場所を間違えたとかなんてことはなく、私のもとを訪ねてきたらしい。

住所など明かしたことがないというのに、なぜ、どうやって。

散々迷った末、私は頷き、認める。否定したところで、怪しさが増すだけだと思ったからだ。

「うん、そうだが」

それを受けて少女も頷く。

そして、顔を上げた少女が私に問う。

「先生、あなたはなにを知っているんですか?」

三章『私はすげぇ！　すげぇから正しい！』

ずっと起きているはずなのに、夢を見た。

私が遺体の血を利用してノートに小説を刻み続けるという劣悪な内容だった。指の間を引く血の粘りも、指紋の間に染み込んでいく血の冷たさも、体験したはずのないそれがいやに生々しく、立体的な感触を伴っていた。酷使した人差し指は途中から血と指の区別がつかなくなるが、それでも私は作業の手を止めようとしない。最後はそれが現実と夢、どちらの出来事か判断できなくなったところで目覚めて、慌てて手のひらを確かめる。私の手はなにごともないように、綺麗《きれい》なままだった。

水仕事からも、力作業からも逃げてきた美しい指だ。他人から怠け者の手と称されたこともある。否定はしないがこの指を維持してこなければ今の私はいない。他の私なんてものがいるのかどうか分からないのに、今の、なんてくくりはおかしい気もする。

「…………………」

私はなにを知っているのだろう。

視線が指先から、女の子へと動く。

少女の名前は麻理玲菜《まりれいな》。

最初の事件で唯一生き残った、と描写された……新聞にも書かれた女の子だ。

被害者の妹であり、娘であり、孫であるその子が私のもとへやってきたことに正直、動揺を隠せないでいた。小説の中から登場人物が飛び出してきたようなもので、彼女が私を睨むようにしながら座っていても、どうにも現実味がない。

そもそも、彼女はどうやって私のもとをこうして訪ねてこられたのか。

住所を明かしたことは一度としてない。

「きみは、なぜ……ここに？」

麻理玲菜は少女だった。華奢《きやしや》な体つきで、服や鞄《かばん》でその頼りなさをごまかしているようにも思える。乾いたように映る目もとは涙が枯れ果ててのものだろうか。風に吹かれて針のように尖っていた薄い栗色の髪は、纏まると虫の背のように照り輝いている。

見れば見るほど、私が描写した登場人物に瓜《うり》二つだった。

あの映画館で浮かび上がった文章の中で、執拗に描写されたそれと、違《たが》わず。

「小説内の描写から地域を絞り込んで探し当てました」

麻理玲菜が私の質問に答える。幼い調子の声色を強張りで隠すようで、聞いているとこちらの動揺が少し収まる。相手が生身で、地続きに位置する人間であると納得できたからだ。とはいえその行動力にも驚かされるものがあった。

駆け出しの作家だった頃の著作や、特に意識することなくばら撒いてきた描写の数々を思い返して、自然と渋いものを感じる。露出は避けて個人情報を守っているつもりだったが、些細な積み重ねから秘密とは瓦解するものだ。

「恐怖とは過去からやってくる、だな」

「恐怖するほど後ろめたいことがあるんですか？」

私の冗談を揶い上げて、麻理玲菜がきつく追及してくる。

責めるような言葉と態度に、こちらも自然、声に鋭いものが混じる。

「もう一度、別の意味で聞こう。なぜ、ここに？」

「先生が、殺人犯かもしれないからです」

声を呑《の》む。まさかここまで堂々と犯人扱いされるなんて思っていなかった。

本気なのか、知恵が足りないのか。

私が本物だったら、この子は殺されてしまうだろうに。

「わたしが誰かは分かりますよね？」

「ファンの子ではなさそうだ」

苛立つように麻理玲菜の顔が歪《ゆが》む。口が山頂を描くように反り返る。

「あなたの小説なんか、大嫌いです。あんなの小説じゃないです」

唾の飛沫《ひまつ》がこちらまで届くような批評には、私も愉快ではいられない。

「失礼なことを言ってくれるよ」

「現実に起きた事件を丸写ししているだけで小説なんですか？」

「丸写し……意味がよく分からないな。私がなにを写したと言うんだ」

先程から笑って流せない侮辱ばかり並べてくれる。私は相手が子供であっても、横暴な意見を涼しく聞き流せるような大人じゃない。私の態度が剣呑《けんのん》なものに変わったことを察してか、麻理玲菜が軽く腰を浮かす。今にも飛びかかってきそうだ。

「じゃあ聞きますけど、どうして先生は、事件のことを知っているんですか？　どうして小説という形で発表できて、しようと思ったんですか」

「知っているもなにも、あれは私の創作……」

「わたしの家族は殺されているんです！」

怒号する麻理玲菜の頭突きが私の腹を打った。頭突き？　おぅ、おぅ、頭突きだ。

あまりに不意を突いた行動で理解に時間を要したが、女の子が私に額を叩きつけてきたのだ。人体に詳しいわけではないが、頭蓋骨の強度には個人差があれども、男女差というものは恐らく際立ってないのではと思う。なにしろ、吐きそうなほど痛い。

そのままの勢いで突き飛ばして、腹に膝を載せて私を制した麻理玲菜が、胸倉を摑んで締め上げてくる。

相手が女の子なのでぎりぎり許されているが、立派な暴行である。

警察はこういうときこそ私を守ってくれないものだろうか。

「答えてください。先生はなぜ、事件の詳細を知っているんですか」

「私は、事件のことなんか知らないよ。ただ小説を書いて、架空の人物を殺した……犯人がそれを真似したんだよ。……そうでなければ順番がおかしい」

「わたしはそう思いません。逆です。先生が先に知っていたように感じます」

「なぜ？」

仰《の》け反りながら問う。麻理玲菜は膝で私の腹を突きながら言う。

「わたしの家の家具や間取りまで一緒なんですよ。苗字、家族構成……いくらなんでも全部同じなんて、おかしいです。先生が殺人犯に、先に全部聞いていない限り」

私が犯人と共犯者。またか、と思う。

警察にも冗談を装って探りを入れられて、こんな女の子とも同じ問答をくり返すなど嫌で仕方ない。私の才能を疑う連中へ懇切丁寧に受け答えする理由はなかった。

大体、殺人犯が『殺す前』に現場の様子を詳細に語れるはずがない。それはただの妄想ではないか。妄想、すなわち小説家が日々垂れ流しているものだ。

「私が犯人の知り合いと思って、ここに来たのか」

「先生が犯人かもしれないとも思っています」

本気か？　と目で問う。本気です、と槍《やり》のような視線で応えてくる。

バカめ、と浅慮な疑念に唾棄する。

「私が犯人なら、自分の犯行を小説で丁寧に発表しないと思うが」

犯罪自慢という枠を超えている。そしてそんなやつであるなら、今まで捕まっていないわけがない。怒り心頭でありながらも多少は冷静な部分があるのか、私の意見に麻理玲菜は感情論で反撃してこない。それをこちらの好機と見て反撃に転じる。

「考えてもみるといい、私が犯人かそこに近しい人物だとして、事件と関連性があることを公にする意味はなんだ？　それで私にどんな得があるんだ？　会いたくもない警察に長時間拘束されて仕事の時間も削られて、痛くもない腹を探られたうえに小娘の頭突きを食らって今日の晩飯が満足に食えそうもない。言ってみろ、私がどんな利を得た？　ないだろう、あるはずがない。私はなにも関与していないんだ。はっきり言うぞ、犯人とは縁もゆかりもないし、事件にも心当たりがない。これが答えだ」

それ以上はいくら私の頭を振っても出てこない。現実が麻理玲菜に、そしてもしかすると私にも残酷で優しくないものであったとしても、こればかりは本気だ。

私の言い分を受けて、麻理玲菜が口をつぐむ。動揺が表に見られないためか、私の発言を嘘だと断じる証拠に欠けて、怒りが足踏みをしているのだろう。焦《じ》れるような顔つきでありながら目や頬は青ざめて、消耗の具合を如実に表していた。

手を振って上から退けるのも、今は容易かった。麻理玲菜の下から逃れて、一旦、席を外して奥の流しへ向かう。冷蔵庫に入れてあるパックの麦茶を湯飲みに注いで、二つ分用意してから表へ戻った。本当は頭突き娘などに施したくないが、これで帰ってから逆恨みで、私の住所をネットにでも書き込まれては困る。

麻理玲菜の俯きがちな背中はまだ同じ場所にある。その背中と肩の上から湯飲みを差し出すと、力なく受け取った。

受け取った湯飲みと肩が震える。私は見ないふりをしてその横を通り過ぎて、窓の外へと目を向けた。

麻理玲菜に不憫《ふびん》だとか憐憫《れんびん》、だとかを覚える気はない。

むしろ私にとって、彼女は試練の一つとなりかねない。

小説家としての資質を問われる、厄介な障害物だ。

乗り越えられるだろうか。自身への猜疑と、世界からの問いかけを。

エスカレーターの上で踊るか、叫ぶか。

運ばれることから避けられない世界で、私の抵抗はどこまで続くのだろう。


「先生、なんでもっと掃除しないんですか？」

「面倒だから」

「先生、あり得ないほど大きなクモが巣を作っています」

「居心地いいんだろ、評判よくて結構なことじゃないか」

「ここは人間が住むための家ではないのですか？」

「ここを中だと思うな。屋根のついた外だと意識しろ」

大体、文句があるなら出ていけ。テレビから目を離して、そんな意思を含めた視線を向けることでようやく勝手気ままな同居人が黙る。ふんと鼻を鳴らしながら顔を逸らして、二秒ほど余所見をした後に、クモがいるのかと天井を探してみる。しかし私には見つけられない。

麻理玲菜が私に頭突きしてから二日が経っていた。腹部の激痛は治まったが、彼女の方があるべき場所に収まっていない。依然として私の家に居座っていた。初日は泣き伏せていたので同情もあり、まぁなし崩しでおいてやった。しかし翌日も何食わぬ顔で寝泊りして、今に至っても平然と不満を並べ立ててくる。私はここまで気の強い娘であると描写しただろうか。現実と虚構が入り混じり、混乱しつつあった。

聞けば同居していた祖父母も惨殺されたので一切の身寄りがないという。親戚も引き取ると名乗り出た者はいないそうだ。犯人が逮捕されていないこともあり、『引き取れば次は自分の家が狙われるかもしれない』という恐れがあるのだろう。

そうした事情は分かるが、しかし麻理玲菜がこの小屋に居つくのは色々と問題があるように思う。そもそも私は他人と暮らすのが嫌だからここに住んでいるのだ。ついでに一応言っておけば、私は独身の男でこの中学生は女だ。嫌な噂を世間に立てられても困る。困るのだが力ずくで追い出すのも若干気が引けるし、彼女いわく。

『わたしが犯人なら、必ず先生に接触することを試みます。だから先生の側にいることが、犯人に近づくための一番の近道だと思うんです』

とのことで石や私の背中にかじりついてでも抵抗するようなので諦めた。興奮から落ち着いた麻理玲菜、麻理君と呼ぶことにしたのだが、彼女は潔癖症らしく、小屋の中が汚いだの、布団のシーツを洗えだのとうるさい。そのくせ、じゃあお前がやれと返しても本人は動こうとしない。なにも言わないでいると掃除や洗濯を始める、といったひねくれ具合だった。そういえば私の作品が嫌いらしいので、私のことも嫌いだからそうした態度に出るのかもしれない。嫌いなら出ていけと思うのだが。

大人びて硬質ながら、生意気。子供と大人の中間である中学生そのものだった。

私にも覚えがあるので、性格や態度に関してはとやかく言えない。

せめて先生と呼ぶのをやめてほしい。そう呼ばれるのは苦手だった。だがそれを教えたら敢えて、意地でも先生と呼び続けてきそうなので黙っていることにした。

それぐらいを理解できる程度には、私もまだ子供の部分を残していた。

「先生、昼ごはんはどうするつもりですか？」

「私は後でいい。……今回も長くなりそうだからな」

考えるだけで気が滅入るが、逃げるわけにもいかなかった。

私とて暢気に構えていることはできない。行動力だけしかない中学生が動いて私のもとへやってきたということは、犯人が住所を特定することも容易なわけだ。麻理君のようになにかを勘違いして思い込み、私に理不尽な暴力を振りかざす可能性はゼロではない。警察も監視はしているだろうが、自衛の意識も大事だ。死んだら小説を書けなくなる、そいつがなにより困る。

せっかく息を吹き返したのに、また死んでたまるか。

「そう、死ねない……生きている、はずなんだ」

頬杖をついている指の位置を変えて、自然、中指の先端を軽く噛む。

三作目も、惨殺もの。今度は犯人の影を追うフリーライターを殺害する内容だ。テレビの画面に観たそれを動揺しながらもメモは取り、原稿も書き進めている。今のところ、出版社側から販売を中止するような措置は出ていない。警察側の要請次第というところだろう。出版社側としては催促はしてこないが、話題沸騰のうちに早く書けというのが彼らの本音であると思う。

そうして、本を出して。

また、その内容の通りに殺されるのか。なんのために？　そんなことは殺すやつに聞いてみないと分からない。……聞いたところで、本当に私との関連性が出てくるのだろうか。まだ冬も遠いのに、寒気がするほどの不安に襲われる。

犯人は『模倣犯』なのか、それとも単なる『殺人犯』に過ぎないのか。

私の作家としての命運すら、縁もゆかりもない犯人に握られていた。

「先生の作品は大して売れているわけでもないのに、映画化もアニメ化もしていますね。コネですか？」

麻理君が棚の上を拭きながら失礼なことを尋ねてくる。

「コネなんかあるものか。私は作家の知り合いさえ一人もいないよ」

人に会わずに済むので、この仕事を気に入っている部分もあるぐらいだ。

最近は少々、賑《にぎ》わしいことになっていて迷惑しているが。

麻理君が、ではなぜ、という顔をしていたのでやむなく説明してやる。

「作る側に受ける作家と読者に受ける作家、というのがあるんだよ」

説明といっても自説に過ぎず、根拠があるわけでもないのだが、堂々と説明する。

私の小説で設定を語るときと、大体同じだった。

「作る側は当然、年中創作物に触れている。いくらそれが仕事でも、大好物でも毎日同じように吟味していれば飽きるよ。機械じゃないんだからな。そうなると王道的なものよりも少し目先の変わったものに注目するようになる。それが、作り手側に受ける作家だ。そうして作り手側に注目される作家の作品は、メディアミックスの対象になりやすい傾向がある。目をつけられる可能性が高いから当然だな。一方、様々な娯楽に囲まれて好きなものを享受できる読者側からすれば、純粋に面白く、幅広い共感を得られる王道に注目する……という感じかな」

どちらが好ましいと感じるかは作家の性格によるだろう。生活のためと割り切って作家を続ける人もいれば、自己顕示欲を満たすために書き続ける人もいる。当初の尊い志を失って、惰性で作品を発表し続けているやつも、まぁ心当たりがあった。

今の私は違う。違う、はずだ。

「先生はどっちがいいんですか？」

「そりゃあ読者に受ける方がいい。読み手があっての小説家だ」

しかし私はすっかりひねくれて、今更、王道的なものを描くことができない大人になってしまっていた。回帰は難しいだろう。外見と同様、若返りは容易くない。

「……意外」

麻理君が私の意見を未知のものとするように呟いてくる。しかも、ほとんど信用していないのが目や口のゆがみから見て取れた。

「なにが、どこが」

「先生って俗人に理解されるような作品は書いてない、とか言いそうな人だと思っていましたから」

おいおい。

「私がいつそこまで傲慢な芸術家になったのか……」

まったく身に覚えがない。

作品に作家の人間性なんてものを引っ張り出すのは、ネタがないやつとナルシストだけだ。たとえば私はいわゆる、嫌なやつである。しかし作品上では性格のいいやつをこれでもかと出演させている。それが私の人間性を出しているといえるのか。

「世間の評判や噂なんてアテにするなよ。尊敬するなんて一度も言ったことがない作家を世間では尊敬していることになったり、いい加減なものだよ」

自分の思い込みを伝聞として語り、拡散する。人間の悪い癖だ。

そう、先程の私みたいに。

「あんな趣味の悪い殺人小説が、読者を意識して書いた話なんですか」

声に僅かな震えを載せて、麻理君が私を糾弾するように問う。

結局、それが言いたかっただけのようだ。私は溜息をこぼし、敢えてはぐらかす。

「そろそろ隠れておいた方がいいぞ。警察に余計なことを聞かれたくはないだろう」

拭き掃除の手を止めて、麻理君が振り向く。うむ、となんとなく頷いてみた。

「今から来るんですか」

「ああ。前回は編集部まで呼ばれたが、今回は横着しないようだな」

事件後、すぐに来るわけでもなく事前に連絡まで回してきた。私に聴取する前に、最近の足取りや証拠でも探っていたのだろう。当然、なにも出てくるはずがない。

私が犯人でないのは、自分が一番知っている。

とはいえ、二件目の一致で、私への疑いはますます強まっていると見ていい。猜疑心の強い彼らが、私と事件が無関係であると信じてくれることはないだろう。まぁそれは半ばどうでもいいことなのだが。

私には無罪であることよりも、認めるわけにいかない部分がある。

私にとっての戦いの焦点は、そこにしか合わさっていなかった。

麻理君は布巾を放り出して部屋の角にかけた梯子《はしご》を上ろうとする。しかしそこで動きが止まり、引き返してきた。困ったような、少し泣いてしまいそうな顔で「すみませんが」と言葉短くお願いされて、「ああ」と意味を理解する。トイレに付き合ってくれという話だろう。

どうも麻理君は閉鎖的な空間に一人でいることが苦手らしい。とりわけこの小屋のトイレは急ごしらえで狭苦しいにもほどがあるので、余計に息苦しく感じるようだ。

「先生、いますか？」

トイレに入った麻理君が声をかけてくる。はい、はいと適当に返事をすると、後でもっと真剣に受け答えしろと怒られてしまうので毎回、適当さはそのままだが台詞《せりふ》は変えるようにしている。

「こんにちは」

そんなに不安なら開けて入れよ、と言いたいがさすがにそうもいかないか。女は面倒だ。

トラウマ、というやつらしい。家族を失ったことが原因なのだろう。それを知らされた状況と関係して忌避していると私は推測するが、麻理君自身が話してくれるわけでもないので正確なところは不明である。もちろん、知りたいとも思わない。精々、毎回付き合わされて面倒だと感じるぐらいだ。トイレの入り口の横に広がる壁に背をつき、用が済むのを待った。

水を流す音が何度も聞こえる。女っていうのはどうしてムダなことをしたがるのかね。出るものは出る。それでいいのにな。

「先生」

「本当に教師にでもなった気分だよ」

まぁ、人並みに同情はする。だが、手助けする気はまったくない。

別に頭突きされた恨みを引きずっているわけではないが、彼女の保護者など努めたくなかった。そういうのはもう少し、事件のほとぼりが冷めてから親戚に任せるべきだ。

「……お待たせしました」

最後にまた水を流し、手洗いを済ませてから、入る前より一回り小さくなったようにしょぼくれた麻理君が出てきた。肩を落とすついでのように頭を下げてくる。「おぅ」と短く応えてから、表の方へと戻った。さすがの彼女も途中で悪態はつかなかった。気が強いのはあくまで、表向きだけなのかもしれない。……どうでもいいが。

今度こそ、麻理君が二階へ逃げていく。事件の関係者と会っている、などと知られれば邪推されそうなのでお互いのためだ。

二階といっても簡素なもので、屋根の柱の間に板を敷き詰めて、布団を用意してあるだけだ。気分を変えたいときにそこで眠るようにと思ってこさえたが、今は麻理君の寝床となっている。夜中に姿を見なくてよいので好都合だった。

点けっぱなしのテレビに目をやると、白塗りの女が今日も出て踊っていた。それをなんの意味もありませんよと白衣の男が鼻で笑っている。日本は平和だ、とテレビの電源を切った。

ややあってから、約束の時間に合わせて来訪者が正面の戸を開いた。

またあの女だ。上社という女の刑事が、男の刑事を一人連れて姿を見せる。逆光の中に溶けるような肌と金髪、それと真意を覗かせない笑顔の壁もそのままだ。

「先生は作家と居酒屋の多角経営なんですか？」

入って右側のカウンターを眺めて、女刑事の方が尋ねてくる。台や椅子には布巾による真新しい拭き跡が染みのように残っていた。こんな埃臭い居酒屋があるものか。

二人が靴を脱いでずかずかと上がってくる。私の作業場へと踏み込んだ二人は正座して、奥にある囲炉裏を一瞥した。火もついていないし、面白くもないだろうに。

それとなんだか分からないが、すえたような臭いがする。……香水ではないな。

「経営しているならまずビール、というところなんですが」

女刑事の発言に、男の方が「おいおい」と小声で呟く。そりゃあ、そうだろう。

「買った場所が居酒屋だったからそのまま使っているだけだ」

「さすがですねぇ」

居酒屋と作家にさすがと関連づく要素などない。適当なことを言ってくれる。

少しでも早く帰ってもらうために、茶も振舞わない。そうした態度を全面に出してあぐらをかいていると、刑事たちはそれぞれの鞄からお茶の缶を用意して床に置く。

私の分も含めてごつんと、鈍くも頼もしい音がした。

思わず引きつった笑顔を浮かべる私に、女刑事も微笑む。

……嫌な女だ。

「もしかすると、俗世と隔絶して生きる先生はご存じないかもしれませんが」

「知っているよ。また私の本に沿って人が殺されたね。本題に入ってくれ」

「あ、これお土産です。どうぞ」

女刑事が箱を差し出してくる。人の話を一切無視する姿勢に言葉が荒れそうになりながらも、なにはともあれと受け取った。真っ白な箱に判子のように店名が印刷されている。何語か分からんが読めん。雰囲気からして洋菓子の類いだろうか。

「これはどうも。……こいつが本題でいいのか？」

「いいわけありません」

笑顔のままぴしゃりと言い放つ。その麗しい顔つきを見ていると、女に生まれてきてよかったなと言ってやりたい。もし男だったら取りあえず殴っている。

「事件の話なのですが。あれはどういうことでしょう」

「私に聞かれても困る。それを調べるのがあんたたちの仕事だろう」

足の親指を引っかけてお茶の缶を回す。重たく回って離れようとするそれを、女刑事の指が止めた。止めて、押し戻す。元の位置に戻ったお茶の缶を見つめていると、

「先生のご高書が発売されてから僅か二日……早売りしている店というのもありますけど、それを踏まえても一週間もないのに、事件を再現している犯人がいる。一件目は他県での事件でしたが、二件目はこの県内で比較的近いですね。物騒なことです」

ご高書と来たか。出版社からの初版の報告書でしか見かけない表現だ。

「そういうことになるな」

「なるんでしょうか？」

女刑事があどけなく、小首を傾げる。そうしているとまるで十代のようだ。

「ならなかったらどうするんだ」

女刑事がまた嫌なところに言及してくる。伊達に人を疑う仕事についていない。

「気になるのは、一件目と二件目の事件の違いですね」

そこには私も気づいていた。気づいて尚、あまり考えないようにしていたのだが。

一件目は本当に、小説の内容を完璧に再現している。犯行時刻も、方法もなにもかも。しかし二件目、布井孝彦に関しては微妙に細部が異なる。それは、編集者との打ち合わせによって変更した部分は再現『されていない』ということだ。たとえば事件の時間帯が小説では夕刻になっているが、実際に死んだのは昼前である。刺した箇所も異なっている。修正する前は、布井孝彦は昼前に死亡して、腹ではなく首を何度も突かれて殺害されていた。

その差異が、なにを意味するのか。この女が修正前をもし知ったら。

「犯人が別々にいて、こだわりが違うということなんじゃないのか」

「そういう可能性も、まだありますね」

まるで、その可能性を潰すことを目指すような物言いだった。

「今回も犯人の名前はないんですか？」

また聞いてくる。楽はできないと前回で悟ったんじゃないのか、こいつは。

見えなかったから、書かなかっただけだというのに。

「殺人犯に名前などつけて、読者に同名がいたら気分がよくないだろう？」

「そうでしょうか。案外、盛り上がるかもしれませんよ」

所詮、『お話』のはずでしょう？

女刑事は笑顔の向こうで、私の見解を煽っているようだった。

「ネットでは先生が予知能力者ではないか、なんて予想もあります」

そんな話題も出てくるかと、事前に心構えをしていたので動揺は避けられた。

「ははは、まさかあんたも信じていると？」

「ええ」

あまりに素直に肯定するので、驚きもまた、喉越しよく通り抜けていく。

こちらが無表情に固まったのを見て、女刑事がピースを作る。

「二割ぐらい」

「お、」

おいおい。

「嘘です。本当は八割ぐらいでしょうか」

すぐさまピースマークをへし折って引っ込める。後ろでお茶を飲んでいた男刑事の方は、『え、そうなの』とばかりに目を丸くしていた。

女刑事が再び、指でVの字を描く。

「証拠がない限り、残りの二割は埋まりませんが」

にこやかにそんなことを言われて、しばし言葉を失う。

この女は、他の可能性を一切確信していないというのか。

目の奥が震えているのが、脳の痺れと共に伝わってくる。

私が予知をしている？　つまり、つまりこの女。

私を『模倣犯』と疑っているのか。未来の出来事を予知し、それを丸写しして自分の作品だと世に公表した卑劣な人間だと、そう言っているのか。

「ばかばかしい。あんた本当に刑事か？」

恐らく今の私は耳まで真っ赤になっていることだろう。温度で分かる。

それが証拠と言い出されないか恐れながらも、平静を装って抵抗を見せる。

「けーさつから来ましたよねぇ」

女刑事が振り向き、同僚に同意を求める。「ッス」と男の方が短く返事した。

「ほら本職の方からお墨付きです」

落ち着け、とその憎らしい笑顔に苛立ちながらも自制を促す。

やつは私の唇に油を塗ってきているだけだ。口を滑りやすくするために、私を挑発しているのだ。見え透いているそれを受けて、焦って口を動かしてはならない。

変人で、偏屈で。お喋りが嫌いとばかりに、発言を極力、控えるべきだ。

立てた二本指をそのままに、女刑事が宣言する。

「私は先生が予知能力を持っている、という証拠を探しています」

「……犯人を捕まえろよ、そんなことより」

「それは他の優秀な刑事さんががんばってくれていますから。私は推理小説系事件の担当なんです。それに、先生の『予知』が確かなものとなれば事件解決の強力な手がかりとなりそうですし。あ、悪いことばかりではないですよ。単なる予知能力者なら先生は完全に無罪です」

　ムチャクチャに荒唐無稽な説明を、平気でのたまう。頭が柔らかいなんてものじゃない。警察よ、こんなのを雇っておくとは何事だ。軟体生物にじわじわと迫られるような不快感を味わい、胃液が腹の底で波打って、生温さに鳥肌が立つ。

　そんな私の反応を面白がるように、女刑事が控えめに肩を揺らした。

「必ず、先生の身の潔白を証明してみせますので、ご期待ください」

　それが警察の仕事ですから、とばかりにふざけたことを言ってくれる。

　隠す気もない矛盾を突きつけてくるとは、私も舐《な》められたものだ。

　もし私が予知などしているなら、それを打ち明けるに決まっている。この女の言う通り無罪の証拠となるからだ。それを敢えてしないということは事情があるから、私の場合は本を売るためであり、この女はそこまで踏まえて、そんなことを堂々と。

　今、私も確信する。私の予感は間違いではなかった。

　胸と胃、食道にくすぶる不快なものは偏見ではない。

　この女刑事は私の味方などではない。

　私の罪を暴こうとしているのだ。そう、戦いの焦点が私とまったく同じ位置にある。

「先生、顔色が優れませんが」

「風邪なんだ。あんたたちに伝染《うつ》すと申し訳ないし、さっさと帰ってくれ」

「あ、そうでしたか。ではお暇《いとま》するとしましょう」

私の反応を証拠として持ち帰るように、満足した表情の女刑事が立ち上がる。目をいつ開いているのか分からない、感情を窺わせない笑顔は最後まで崩れない。

その視線が私からようやく外れたところで、溜まりに溜まった毒を吐き出す。

くそやろうめ。

去り際、女刑事が私の膝もとの箱を指差す。先程渡された洋菓子の箱だ。

「それ美味《おい》しいですから。先生もちゃんと食べてくださいね」

最後に小ばかにするように小さく手を振ってから、刑事たちは去っていった。

二度と来るな、とその背中に強い念を叩きつけながら見送った。

「公僕め。私がいくら税金を払っていると思っているんだ」

あれももう少しなんとかならないものか、と逃避するようにぼやく。

それからシールを剝がして、箱を開いてみる。

中身はいかにも少女趣味に飾られた、ラズベリー風味のチーズケーキだった。

問題は個数で、二つ入っている。

生まれて初めてだがケーキを強く、強く睨みつけて、最後は口の端を歪める。

箱の内側に付着した少量のクリームを指で掬い、舐めてみた。

「……甘酸っぱいな」

私の苦手な味だった。どうもこういう中途半端さが好きになれない。

部屋の角から音がして顔を上げると、麻理君が梯子を降りきったところだった。

「もう帰ったみたいですね」

その返事の代わりに洋菓子屋の箱を差し出す。受け取った麻理君が小首を傾げた。

「なんですかこれ」

「きみへの土産だとさ」

それだけ言って、「さて、出かけてくるか」と立ち上がる。

事態を飲み込みきれていない麻理君が、箱を抱えたまま私に尋ねる。

「どこに、」

「聞き耳立てていたんだろう？　医者のところだ」

「え？　本当に風邪なんですか？」

そうそうその通りと適当に流して、財布だけを持って小屋を出た。

人を食った女のことだから外で待ち伏せでもしているかと警戒していたが、姿がなくて安心する。小屋を離れる前に、左手側にある小さな水車に目をやる。カビだらけのそれを手で回すと先程も嗅いだ、すえた悪臭が漂いだして、慌てて逃げ出した。

「……なんできみまでついてくるんだ」

「先生のすべてが疑わしいからです」

答えになっていない気がする。しかし私もまた、答えを求めていない気がした。

近づくだけで脳が焦げつきそうになる病院の待合室は、大勢の客で賑わっていた。予防接種という季節でもないのに、夏風邪だらけというのか。あと三ヶ月もすれば、別の風邪をひいた客と入れ替わって、年中商売繁盛というわけだ。実に羨ましい。医者の看板だけで商売できるなんて。

「予知能力があるって本当ですか？」

隣に座る麻理君が疑ってくる。やはり盗み聞きしていたみたいだな。

「そんなものがあるならきみが突然やってきたことに驚かない」

刑事との問答も押されっぱなしにはならない。もう少し、上手くやれただろう。

「そうですけど」と納得しかねるように俯き、足を揺らす。病院を訪れてから感じていたが、顔見知りの看護師の視線がちくちくと引っかかる。その理由が、お子さんにしては少々大きすぎる女の子が傍らにいるからであるのは明白だった。麻理君が世間に顔を知られていなくて助かったのか、それとも要らぬ誤解を招く一助となってしまっているのか、悩ましいところだ。中学生に手を出した、という誤解も鬱陶しい。

「先生が予知した、というのはわたしも考えたことがあるんです」

「そうか。君たちはそろいも揃《そろ》ってパーだな」

それを別れの挨拶として診療室へと向かう。背後で「やっぱり傲慢じゃない」と吐き捨てられたが聞こえなかったことにして、待合室から離れる。通路の椅子に座り込むと、すぐに入るように呼ばれたので慌ただしく立ち上がり、診療室に踏み入った。

中には冬の頃と同じく、火星人が白衣を着て座っていた。

青白いこめかみと、日焼けした鼻を振って私を見上げる。不思議なことに笑うと温度が上がるのか、青白い部分も段々と紅潮していった。

「やぁやぁ先生、元気？」

「元気ならこんなところに来るものか」

入り口の脇に立っている看護師が、私の悪態に口を押さえて笑う。なにが面白い。用意された背もたれのない丸椅子に腰かけて、医者を見据える。のっぺりして、マンタかエイを下から覗いたような顔は相変わらずだ。得体が知れない。

この男のせいで、私は……そう。今、最高に幸せとなったのだ。

「あ、そうそう。先生の新刊読んだよ、なんだいありゃあ」

一目見て仮病と見抜いているのか、私を診察しようとする素振りも見せない。机に肘をかけて、くひひと笑っている。意地悪く笑う医者の歯茎を睨むと、視線から察したのか、控えている看護師に退室を求める。

「悪いねぇ、この先生人見知りするからちょっと出ててー、だってさ」

理由を作るにしても、もう少し私を貶めない言い方があるだろう。医者同様に私を古くから知る看護師が一笑を交えて席を外し、奥の水槽の世話に向かった。入り口にもある水槽と異なり、こちらは長方形で水も濁っていない。深い藍色の小魚が群れを作りながら、泡と餌に釣られて水面付近を踊っていた。

「で。なに聞きに来たわけ？」

姿勢はそのままに医者がこめかみを突きながら言う。

調子は適当を装いながら、私の来訪を待ちわびていた。そんな感情の微かな漏れを指先に感じる。こめかみを押さえているのは、自分を律しているようにも思えた。

私は声を潜めて確認する。

「あの実験、他に施したやつはいるのか？」

「え？　ははは、もちろん先生にしか試していないよ」

どこに陽気に笑い飛ばす必要があった。電気の強さか、流した回数か。

思い出すだけで奥歯から煙が漏れそうだ。

「なにしろ悲しいことに、先生しか作家の知り合いがいないからねぇ」

「そうか」

「んー？　さっきから声に元気がないねぇ、ほんとに風邪ひいたの？」

医者がぺたぺたと人の顔を触ってくるのを振り払う。お前の声が無用心に大きいだけだ、と言いたい。この医者からすれば隠すようなことではないらしいが、私にとっては公にされて困るものがある。本当は会いたくもないが、直接、確認したかった。

私以外に同じ症状に襲われているものがいたら、厄介だ。足かせにしかならない。

或いは麻理君の家族に手をかけた犯人が『同じ』である可能性も考えていたが、それもないとするなら、私との繋がりは本当に存在しないわけだ。当事者である私以上に、あの女を含めた警察は犯人像や犯行との関連を調べつくしているだろうし、それをこちらに言ってこない以上、本当に一本の線でさえ間に引かれていないはず。

私と犯人は点と点の関係、完全な他人だ。……本当に偶然、選ばれたのか……。

「そういえばなんだか面白い事件が起きているねぇ」

今度は医者の方が本題に入るように、口調を鋭いものへと転ずる。

だから来たくなかったのだ、と目を逸らしながらもまだ退室はしない。

「あれ出版社のキャンペーン？」

「その可能性は検討していなかったな……」

組織ぐるみの大掛かりな……まぁないだろう。いくら不況でもそこまで末期な方法に手は出さない。報道までされているし、それでも実際の犠牲者が実は出ていないというならあり得なくもないが、あの子の家族は死んでいるのだ。それに私の小説描写はまるで実際にその場に居合わせたと感じるほどの真に迫るできばえであり、そのような偽りと一緒くたにできるようなものではない。

「キャンペーンじゃないとしたらぁ」

額を指で押さえて、わざとらしく溜めを作ってくる。そのまま立ち上がり、中腰で二歩前へ進んだところで、横目が私を射抜く。目も口も、笑っていない。

「私の実験と関係あるのかい、先生」

指摘もまた鋭い。か、かと踵《かかと》を鳴らすように、医者が私に近寄ってくる。

「あの電流が予想外の結果をもたらしているわけじゃ、ないよねぇ」

「離れろよ、消毒臭い」

私の文句を無視して、医者の顔が尚も近づく。ぬるりと死角から入り込み、私が仰け反る暇もなく息が鼻にかかるような距離まで接近されてしまう。顔の前が火星人でいっぱいに占拠されて、乗っ取られてしまったように、不愉快だった。

「もし先生に才能以外のものが芽生えていたら、実験は大失敗なんだ。私の研究を台無しにしないためにも頼むよ先生。たーのーむーよー」

人の顔を覗き込むそいつの顔が亡者の類いに思えて仕方ない。取り憑《つ》く怨霊が、奇しくも私と同じ言い分にたどり着いていることに嫌気が差す。子供の頃から一度叩いてみたかった、幅広の額に平手打ちを食らわせて亡霊を退治する。

「おぅーとぉ」とよろめきながら椅子に戻った医者と対照的に、席を立つ。

取り憑かれる前に退散することにした。この医者に再び電撃を流してもらったところできっと改善も、そして後戻りも起こらない。私はもう蘇り、結果を背負う立場となったのだ。

「先生」

呼ばれたが振り向かず、僅かの間、足を止める。

「先生はいつもオチが弱いんだ。今回こそ、期待しているよ」

「……知るか」

私は手を抜いて書いたことなど一度もない。よくしようと思ってよくなるわけでも、悪くすることもできない。今の私が全部、すべてだ。

もうここに来ることはないだろうと思った。来てはいけないのだ。

警察も恐らく、この医者のもとまでは……いや。あの女刑事なら、分からない。しかし頭と鼻と耳から電流食らいましたというのが証拠にはならないだろう。本人が体験して予知能力に目覚めでもしない限り……いや。あの女なら、分からない。

不安と焦燥をない交ぜて落ち着きを失いながら、待合室に戻る。麻理君はリュックを抱えるようにしながら同じ場所に座り込んでいた。私に気づいて一瞥するその目つきに幼さの光はなく、踏まれて固まった土のように単一的だった。

「麻理君……………うむ」

「なんですか、難しい顔で固まって」

麻理君の方も十分に気難しそうな顔つきだ。頭をかいて答える。

「……いや。お待たせとでも言おうかと思ったが、きみが勝手に待っているのだから言う必要がないことに気づいた。だからなにを言うか迷ったんだ」

「なにも言わなくていいです」

そう言い切って、麻理君が病院の入り口へと先に向かう。

「そうか」と納得するために呟いて、その後ろ姿を追った。領収書を丸めて捨てながら靴を履き、先に出た麻理君の隣に並ぶ。外は昼過ぎだが、暑さで机の上で汗が弾くように感じる。日差しは変わらないが上旬に比べて蟬の鳴き声が潜まっていた。秋への塗り替えが始まりつつあるようだ。

それは私が嫌いな冬にまた近づくということでもあった。

「少し遅くなったが昼飯でも食べて帰ろう」

帰ればケーキもあるが、あれでは腹が落ち着かない。むしろ、あの女の顔を連想しながら食べ進めると、それだけで胃痛が増しそうだった。よくよく、神経に障る女が敵となったものだ。次回作にあんな女を登場させる予定はなかったのだが。

「お金持っていません」

ということは私の家に置いたままか、無用心な。あの小屋は鍵などないぞ。

「私が払うよ。この間から小金持ちに仲間入りした」

多少は尊敬しろクソガキと念を込めながら、気前のいいところを見せてみる。しかし麻理君は私の表現が気に食わないらしく、険しい表情となって拒否する。

「いりません。わたしの家族が死んで儲かったお金なんか、嫌です」

私の横から早歩きで離れて、帰路を力強く歩いていく。私は無理に追いかけることなく、どんどんと離されながらも同じ方向へと向かい、昼飯を諦める。

そのはっきりした物言いを、少しだけ気に入りながら。

私の小説と事件における不可解な一致について半日ほど考えて、幾つかの説を立てた。中には荒唐無稽なものもあるが敢えて可能性の一つとして扱う。

まず一つ目、今回の事件は模倣犯における犯行である。これが警察や世間でも一般的に取り扱われている仮説だろう。その場合、容疑者はどういった人物があげられるか。私の熱狂的なファンというのもありうるが、もっと近しい場所に犯人が潜んでいる可能性も否定できない。本が世に出回るのと、事件の日付が近すぎることから出版以前に私の本に触れている人間が疑わしい……というのは警察に聞いた気がする。

それならば、私の原稿を最初に読む人物である担当編集者が犯人か？　いいやそれはない。なにしろあの男は私の原稿など読んでいない。特に一作目、有名になる以前は絶対に目を通していないと断言する。そんな理由で容疑者から外れるのもどうなのだろうとは思いつつ、次に原稿を手に取る相手はイラストレーター、校閲、印刷所の人間……他にも編集部に出入りする人間なら誰でも一応の容疑者とはなる。

動機は不明。推測のしようもない。私の本を売り込むための、企業側の営業努力にしては少々のヤンチャが過ぎるし、そもそも私を売り込まなくとも他に売れそうなやつはいくらでもいる。一件目と二件目の犯人が同一人物ではないということもありうるわけで、犯人像を現段階で絞ることは個人には不可能に等しい。

とにかく、何らかの意図を持って模倣犯が実在する説。

二つ目、実はまったくの偶然。どれほどのゼロに埋もれる確率か分からないが、偶然、私の小説の登場人物と同姓同名、同じ地域に住まい同じ殺され方をするやつがいたというだけ。それも二件連続で。無理があるように思えるが、この世界で月に何冊、ミステリーやサスペンス小説が出版されているだろうと考えれば、多少の被りが起きうることもないとは言い切れない。と、一件だけなら説明できないこともない。二件目は別の犯人が便乗して行った結果、とどちらも偶然と言い張らなければ検討の余地はあるように感じる。私としてはいい迷惑だ、で終わるのが二説目。

三つ目は、私に念動力が芽生えた説。……ふざけているわけではない。電流実験によって脳が予想外の覚醒を果たした結果、私は超能力者となった。小説を書くという強い意志に自然、力が集い大きく人を動かす働きをみせる。それによって小説と同名の人物が、同様の死に方をしていくというわけだ。この説の矛盾は、念動力の存在に裏づけがないこと以外には特にない。

電線の上に居座ってほーほー、ほほーとうるさい鳥を相手に念動力の検証を行ったが一度として鳥を絶命させるには至らなかった。小説形式で鳥を五回ほど殺害してみたが、死ぬのはノートの上に限定されて、現実が追従する気配はない。

もし念動力の存在が証明された場合、犯人は私となる。

自首するかは尚悩んでいる。

そして、問題の四つ目。

私が受け取っているのは未来の出来事を文章にしたものであり、つまり。

本当の模倣犯は「冗談じゃない！」

あの女刑事の顔を思い起こしながら、机に拳を叩きつける。骨を歪ませるような痛みと共に吊り上がる唇には、恐れと怒りが内在していた。ふざけるな、と怒鳴り散らしたくなるが必死に堪える。

もし犯人なんていなかったら、私は単なる模倣者、盗作者じゃないか。

そんなことになれば、私の書き上げた傑作は覗き見野郎の範疇《はんちゅう》を出ることがなくなり、まるっきり才能なんてものがない証拠になってしまう。

だけどそんなはずはない、あり得ない。私は×××だぞ。

つまり犯人はいる。私の作品を貶める下劣な模倣犯は必ず存在する。

いなくては、困るのだ。

「急に大声出さないでください」

奥から出てきた麻理君が子供を叱るように注意してくる。自分の家なのだから大声出そうと勝手だろう。隣を見てみろ、昼飯前の子供たちが運動場で狂ったように元気よく遊んでいる。そこに私の怒鳴り声が混じったところで、神経質な小娘以外は気にも留めまい。

などと意見する前に、カウンター席に腰掛けた麻理君が本を広げてしまう。この女の子が住み着いてから早一週間になる。早急に犯人が訪れて……そういえば。

「ところできみは、犯人をどうしたいんだ？」

私の側にいれば犯人との接触も、というのは分かるが具体的に会ってどうするつもりなのか。麻理君が開いたばかりの本を閉じて、硬質な声を連ねる。

「犯人を、捕まえます」

「それは警察の仕事だ。彼らに任せた方がいい」

だから出ていった方がいい、と暗に語る。

麻理君が目を瞑り、睫毛《まつげ》を震わせながら言う。

「じゃあ、殺します」

「…………………………」

そちらが本音なのだろう。しかし。

「ますます無理な話だ」と否定する。意図せず人を死なせることは誰にでもできるが、明確な意思を持って人を殺《あや》めるには、相応の資質が必要だろう。

そう、人でなしの才能というやつだ。それがこの子にあるとは思いがたい。

私だって時々、人を殺したいわけではないが、殺したらと想像することがある。特に顔見知りの人間と会っているとき、この場で無防備な脇腹に刃物でも突き立てたらと考えて、目の端が白む。粘土を手でこねているような不思議な質感を伴った空想にゆらゆらと身体を泳がされて、刃物を摑む姿を幻視する。首根っこを捕まえて突き立てたいという衝動に小分けして襲われる。静止画を重ねていくように、その姿を次々に思い浮かべては後頭部や喉の奥が疼《うず》く。

しかしもし殺してしまえば取り返しがつかない。横たわる遺体、警察に捕縛される自分。あぁ、そうなったらお終《しま》いだなと不安になることでようやく、私は我に帰る。

そんなことが時々、ある。私は今のところ、本能に理性が勝るのだろう。

こんな人間はきっと、人を殺せない。

なんとも普通というか、正常な人間である。当然、それは素晴らしいことだ。けれど想像する死体は刺すときこそ血が溢れかえるけれど、倒れる場面になると服の乱れもなく、綺麗なままのやつしか思い浮かばなくて。

私の頭ではそれがせいいっぱいなのだなと、なんだか寂しい気持ちにもなる。

「きみは、まだ私を疑っているのか？」

私は周囲に疑われてばかりだ。ただ小説を書いているだけだというのにな。

結局、人間の最大の理解者は自分ということか。

「犯人とは見ていません。でもなにか関係があるとは思っています」

「ないよ。あれば暢気に小説など書いていない」

警察に拘束されて、関係を認めるまで自由を奪われて。いや、認めた時点でもう終わりか。私は小説家として生涯、復帰は叶わないだろう。それはそれで締め切りがなくて素敵だが、と原稿を書き上げた翌日ということもあり若干、暢気なことも思う。

三作目の原稿は書き終えて、編集者に送ってある。二度あることはなんとやらじゃないが、三作目ともなるとこの段階で警察の方にも原稿が回されているかもしれない。

編集者がろくに読まないというのにおかしな話だが、警察の連中が誤字脱字でも指摘してくれるのだろうか。特にあの女刑事は、なにかケチをつけてきそうだ。

「……お？」

充電していたかも記憶に怪しい携帯電話が鳴る。手に取って相手を確かめると、担当編集者が会社からかけてくるときの番号だった。出る前に麻理君に注意する。

「珍しく……最近はそうでもないか。編集からの電話だ。静かにしていてくれよ」

「わたし、騒がしくしたことありません」

最初に私に頭突きを入れながら騒いでいたことは、すっかり昔のことのようだ。

麻理君の涼しい横顔に呆れながら、電話に出る。

「はい」

『あ、どうもー。〇〇の〇〇です』

いつも通りの前置きに「知っているよ」と返す。社会人というのも面倒だな。

『お疲れ様です、原稿ありがとうございました』

「うん」

ねぎらいの言葉をかけるために電話してきた？　いや、そんな殊勝じゃないな。

『それでちょっとご相談があるんですが』

「うん」

珍しいな、と言いかけた。やはり売れる作品には手垢《てあか》をつけておきたいのか。

『作品の被害者の、我流秀一。いますよね』

「あぁ」

次回作で殺害される登場人物の名前に頷く。

『この人の名前を、ちょっと変えたいなー！　なんて思っちゃいまして』

「は？」

本文の描写ではなく、名前に言及されるのは予想外だった。

妙な目のつけどころに、怪訝《けげん》なものを感じる。電話の応対もつい、探るような、下から覗き込むような調子となる。

「有名人に同名でもいるのか？」

そういうことが以前にもあった。不謹慎と騒がれそうなので、慌てて名前を変えた覚えがある。

『そういうのじゃないんですけどー、もう少し一般的じゃない名前の方向で……』

話を聞き流しながら、考える。

なぜ、と思い悩む。

誰の、と意見の源泉を追う。

水底に映るものを覗くのに、時間はかからなかった。

「……仕掛けてきたか」

『はい？』

編集者の背後に透けて見える金糸に、忌々しいと舌打ちする。

やってくれるじゃないか、あの女。間違いなくやつからの提案だ。

もし、作品内での名前を変更したとすれば。

犯人は当然、変更する前の名前を知ることはない。模倣犯であるなら、変更後の名前と同一の人物を殺害するはずだ。だがそうした変更にも関わらず我流秀一が殺害された場合、いや殺されなくとも犯人に狙われたとしたら、今までの犯行はごく一般的な殺人鬼のそれであり、私の狂信的な模倣犯ではないということになる。

そうなればどちらが『盗作』しているかは明らかだ。

あの女が求めている証拠としては十分だろう。いい手だ、と疎ましい反面、感心もする。だが私も感心するばかりで手をこまねいてはいない。こちらの打てる手はなんだ。我流秀一への襲撃が予知の証拠であるならば、それがなくなりさえすれば……。

そこまで考えて、正気に戻る。

ハッとする。そういう音が弾くように開かれた瞼から聞こえた。

なぜだ？

私が本当に自分の才能を信じているなら、なんの問題もないはずだ。

堂々と受け入れて、構えて、犯人が模倣して誰彼を殺すのを待っていればいい。

だというのにこの動揺は、なんだ。私はなにを考えた？　隠蔽？　工作？　なぜそんな小細工が必要なんだ。矛盾している。今の私は、真っ直ぐじゃない。

こんなにも、自分を疑わしく感じるなんて。あり得ないじゃないか。

『どうですかね。できればお受けしていただきたいのですが』

こちらの状態などお構いなしの、無神経な催促が私を攻める。

びりびりと表面の痺れる舌をぐっと、突き出すように伸ばした。

「け」

『け？』

「検討、して、みよう」

そう答えて先延ばしにするのがせいいっぱいだった。胸がつかえて、息苦しい。

『ありがとうございますー』と愚鈍にして暢気な編集者の声が右の耳から左へと抜けていく。カラカラと、風見鶏が強風に軽々しく回るように、意識が軽い。私にとっての『当たり前』が機能していない、地に足の着かない感覚に翻弄されてしまう。

『あともう一件、取材の依頼が来ているんです。概要はメールでお送りするんですが、この申し込んできた人の名前がですね……これも関連しての名前変更というか……』

「ん、あぁ……あぁ、はい」

なにを言ったか聞き取れないまま、上の空で相《あい》づちを打つ。

電話が切れてから、メールという単語を思い出す。「メール、メールね」とうわ言のように繰り返して、メールボックスを開いて確認する。新刊のイラスト候補でも送ってきたかと思っていたら、まったく別の仕事の話だった。

その文章をいい加減に読み流そうとして、途中で目が見開く。

硬直した瞼と睫毛がぱりぱりと音を立てて、崩れていきそうだった。

ただでさえ動揺しているのに、驚きまで加わって。声まで失ってしまう。

メールの内容は私へのインタビュー。取材自体は何度か受けたことがある。

問題はその記者の名前だ。

我流秀一。

次の小説で殺されるライターと、同じ名前だった。

「不在のときに犯人が来たらきみの好きにするといい」

「そうします」

そんな挨拶を残して小屋を出て、駅を電車と共に走り、編集部へ向かった。

もし真冬であるなら、雑誌の取材の依頼など相手が誰であっても断っただろう。しかし少し歩けば汗ばむ夏に呼ばれるのは、その次に萎える。やはり出歩くならもっと秋が深まってからがいい。

取材を受けるのは事件以来、これが初めてだった。名前の一致がなければ受ける気にはならなかっただろう。一致しているからこそ逃げたい気持ちがあるのも本音だが、我流秀一が取材を申し込んできたのは偶然か、意図したものか見定める必要がある。

情報を流されての行動であれば、手引きしている者が誰かは想像つくが。

新幹線経由で時間より少し早く編集部に到着して、前回と同様の会議室まで案内される。まだ編集者の姿もない、仕事でもあるのだろうと思い、窓側の席に一人座る。すぐにアルバイトが紙コップとお茶を持ってきたので、注いで喉を潤す。室内は冷房の効きが悪く、顔を横に振るとかび臭さが鼻をくすぐってくる。小屋の炭で煤《すす》けた匂いに慣れているからだろうか。

腕を組んで椅子の背もたれに寄りかかりながら、天井を向く。昼前、まだ灯《あか》りをつけていなくて日陰のようにほんのりと薄暗い天井を見ていると、癒やされるものがあった。

明るい場所が、電灯の光が苦手だ。強い光の中にいると落ち着かなくなる。

「…………………………………………」

私になにを聞いてくるつもりだろう。来るまでにいくつか想定して、心構えに努める。

程なくして、会議室に案内された記者が、担当編集者と一緒に入ってきた。私が作中で描写した通りの、ヒゲと顎の薄い男だ。髪は櫛《くし》も入れて整えてあり、蟻《あり》の表面のように鈍く照りついている。目が受け皿というか、下の線が少し沈んだように見える。そんな目つきの男だ。

中に着ている紫色のシャツがチンピラ臭さを感じさせるのは、私の偏見だろうか。

「どうも、お待たせしました」

「いえ」と手を軽く横に振る。あの女刑事共も同行してくるのではという危惧は杞憂《きゆう》に終わったようで内心、安堵していた。編集者と記者が私の向かい側に椅子を持ってきて、長机一つを挟んだ形で向き合う。記者が取材記録のために録音の用意を始める。

……発言が形として残る以上、迂闊なことは言えない。だから取材は嫌いなのだ。

「挨拶が遅れました、こういう者です」

中腰気味に立ち上がった我流秀一が名刺を差し出してくる。初対面の相手ということもあるので両手で名刺を受け取る。名前は確かめる必要もなかった。フリーライターと役職表記されている。私の小説の描写と一緒だ。やはり今回も『実在』するのか、と心が淀む。

机に置いた白いレコーダーの電源を入れてから、我流秀一が手帳を開く。

「早速、お話を伺いたいのですが、その前に」

「前に？」

相づちを打つと、我流秀一が身を乗り出してきた。首を大げさなほど伸ばしてくる。トレイのように平坦な目と元より少々ひん曲がった唇が、にやりと挑発的に歪む。

「先生、次に死ぬのは俺なんですか？」

記者が大胆に切り込んでくる。大上段からの大振りだが、その質問は想定済みだ。

落ち着いてさばこう。

「誰から聞いた？」

「警察の方から連絡がありまして。いえ、はっきりと教えて頂いたわけではないんですがいきなり電話がかかってきて、最近身近にトラブルはなかったかだの、××××

という作家と知り合いか、なんて聞かれてしまいましてね。そこまで来れば、大体把握できましたよ」

「なるほどな」

下唇を撫でながら納得する。誰が教えたかも概《おおむ》ね、予想通りのようだ。

あの女、相手が察することを承知の上で教えて行動させたか？……かもしれないな。

我流秀一が引っ込んで座り直す。担当編集者は俯いてノートパソコンを叩いていた。他の仕事が山積みらしい。私の発言が行き過ぎたものでない限り、口は挟んでこないだろう。

「否定しないということは、俺が死ぬんですね？」

「犯人があくまでこだわるなら、狙われるのは間違いない」

否定すれば私が嘘をついたと取られかねない。既に原稿を読んでしまっている者が外部にいる以上はごまかしが利かない。担当編集者が私を一瞥してきたが、ここは無視しておいた。

「なんだか歯切れが悪い言い方ですね」

「そうか？　必ず死ぬとでも言ってほしいのか？」

キレを意識して尋ねてやると、「それは、困りますけどね」と我流秀一が困惑する。挑発的だった口と目もとが若干の動揺を受けて、微かな恐怖を訴えるようにわなないた。

「……そうだ。本格的な質問の前に確認しておきたいのですが、先生と俺は面識、ないですよね？　以前にインタビューしていたことがあって忘れていた、なら申し訳ないのですが」

我流秀一が私を見据える。私もまたまじまじと見つめ返し、敢えて間を取った後。

「ないね。……一作目と二作目のどちらも、被害者との面識なんかないんだよ」

聞かれて一々答えるのが面倒なので先に言ってやる。まさか知人をモデルにして全員被害に遭いました、と言い訳するのも無理があるだろう。それ以前に、真偽問わずそんな発言が出回れば世間から非難轟々《ごうごう》だ。我流秀一が頷きながら手帳に何事かを書き込む。

「今、先生はご自身が考えていられる以上に注目を浴びているんですよ。特にネット界隈《かいわい》では様々な予想がなされて、日夜激論が交わされています。簡単に仮説をあげれば先生が犯人説、犯人との共犯説、名前を書くとその通りに死ぬノートを使っている説、等々ですね」

事前に手帳に書き記してあった仮説とやらを幾つかあげてくる。……以前にあの女刑事が言っていた、死神が見える云々はそういうことか。方法のアプローチは異なれども私がなんらかの超常的な力で殺人を犯しているという説があることに、少々笑う。

「作家が小説など提供しなくても、みな、頭の中はファンタジーに満ちているな」

「先生は事件との関連をどう捉えていますか？」

聞かれることの決まっていた質問の二つめが来る。

「模倣犯の仕業だろう」

女刑事への返事と揃える。我流秀一はペンを走らせながらも、再び唇を曲げる。

「先生としてはそう捉えたくなるわけですね」

引っかかる物言いだった。私の心情まで汲《く》み取るような言葉遣いが気に入らない。

「まるでそうじゃないと言いたい口ぶりだな」

「ええ。俺としては、先生が未来からやってきた、という説を一番に推したいのですが」

冗談の類いではないようで、目が真剣だった。真摯に目つきがトレイだった。

私は次から次に、と呆れるばかりだ。

どいつもこいつも、ＳＦ小説の登場人物のつもりだろうか。

未来からのタイムトラベルと予知能力。どこにどう見解の違いがあってその結論が分かれていくのかは興味のあるところだが、どちらも的外れであるというのが私の見解だ。

それ以外に、私の『小説家』としての道はない。

「そんな夢見がちな意見が第一で、よくライターなんてやっていられるな」

「事件そのものがあり得ませんからね。あり得ない部分でも検討しないといけなくなる」

記者の言い分に思わず同意しかける。いかんいかん、と自制する。

「あんたも警察もそうだが、私を調べるより犯人を見つけるのが先じゃないのか？　あんたらがちょいと足取りを調べれば、私が犯行など不可能だってすぐに分かるもんだろう」

「それはそうですが、犯人よりも先生の正体の方に興味あるというのが世間の本音ですよ」

下世話な好奇心を訴えてだらしなく笑う記者に、ムッとなる。

「あんたが聞きたいのは事件のことで、作家としての私には関心がないんだな」

「え？」

「それなら帰らせてもらう。事情聴取など警察に受けるので十分だ」

いくら会話が有益だろうとなんだろうと、腹が立てばそれに従って行動する。そうした意志を見せつけるように、短気を諫めることなく席を立とうとすると「ちょ、待ってください」と我流秀一が慌てたように引き留めてくる。机に乗りつけるような勢いで前に出て、私の腕を引っ張って強引に座らせてきた。私は記者を睨んで萎縮させた後、唇を曲げながら座り直す。

駆け引きとしてはまぁまぁ効果があっただろう。こうした小細工を弄するのも好きにはなれないが、会話の主導権というものを取られ続けるのはもっと気にくわない。

「すみません、配慮が足りませんでした」

記者が形ばかりの謝罪をする。顔も形だけでも申し訳なさそうにするようなかわいげはないらしい。ぺらっぺらの薄紙を顔に貼りつけたような、紋切り型の謝罪に慣れている調子だ。

「しかし先生はなんというか、歯に衣《きぬ》着せぬというか」

「率直に言ってみろ、どうせその手の評価に慣れているから怒らんよ」

「じゃあ遠慮なく。自分勝手で、偉そうですね」

本当に遠慮がないな。素直な人間で、そう私が描写した通りの性格だ。

「作家なんて自分の頭がいいと勘違いしているやつばかりだ、気にするな」

それぐらいの自尊心と見栄《みえ》がなければ、頭の中身を世に発表などできるものか。そしてその程度の自信がなければとてもやっていけない。作家が消えていく原因は売り上げではなく、自信の喪失だ。自分を信じる才能というものが、図太く生きていくためにもっとも必要となる。

今の私にそれがあるだろうか。揺さぶられて、なにかを見失っているような気がする。

「私はここに重要参考人や時の人として来たのではない。あくまで作家ということだ。あんたの送ってきた概要書にも書いてあっただろう、作家先生にお話を伺いたいと」

「そうですね」

そんなことどうでもいいんだよというのが伝わってくる、実に味気ない相づちだった。

「では先生が作家になったいきさつでも、」

「そいつは以前のインタビューで答えている。下調べぐらいしてこいよ」

「…………」

「冗談だ。他にできるような仕事がなかったからだよ」

誰から教わったわけでもない。しかし気づけば小説を書き上げて、投稿し、今に至る。

地球を一つの生命体とするなら、細胞に等しい私たちは適材適所、あるべき場所へと収まるのが自然の成り行きなのかもしれない。誰かに導かれているなどと、薄ら寒いが。

「えぇとですね、先生」

我流秀一がろくに記録も取らないまま、私の顔色を窺ってくる。

「無礼を承知で言いますが、話を戻していいですかね」

「戻すって、どこに」

「本音を言ってしまうと、はっきりさせたいんです。なにしろ自分の命がかかっていますから」

我流秀一がペンをへし折るように強く握りしめて、手帳を机に落とす。両の握り拳を机に載せて前屈みになったとき、男の顔からは余裕というものがまったく感じられなくなった。

「先生、あなたは本当に未来の出来事を見通していますか？　いませんか？」

この男は、どちらの答えを望んでいるのだろう。私は目を逸らして、腕を組む。

未来を見通す力。それは私の外から来たものだ。

そいつを認めるわけにはいかない。

私の超能力で殺人が起きているならそれでも構わない。

大事なのは、私から発せられているということだ。私から生まれているということだ。

小説は予言書ではない。それだけが譲れなくて、私は敵を多く作っている。

「いません」

その敵と逃げているのか、戦っているのか。曖昧なまま、摩訶《まか》不思議を否定する。

「本当ですか？」

我流秀一が懐疑的な表情と口ぶりになる。私の意見など信じちゃいないのだろう。

「先の読める男が、こんなに暗い顔をしているかね」

自嘲を交えて聞いてみる。目の前の落とし穴を回避できれば人生の絶頂が永遠に続く、はずなのだが実際のところ私は浮き沈みの酷く激しい人生を送っている。

「……確かにまぁ、顔色は悪いですね」

「一応、対策として小説内の名前を変えるという案も出て……もとい出しましたが」

黙っていた編集者が口を挟む。こら、余計なことを言うなと血相を変えるがもう遅い。

「あぁそいつはいいですね。先生が未来を見通していないというなら、それで俺は助かるはずですから」

「作品の表現に関することだ、変えるとは決めていない」

人命がかかっていようとも、譲れない部分はある。私のそうした健全たる作家精神に対して、我流秀一は取り乱すこともなく、やんわりと頷いた。

「そうですね、そんなに期待していませんからお好きにどうぞ」

名前を変える、という意味は分かっているはず。それを求めないということは、模倣犯などいない、というのがこの男の見解か。……いいだろう、意思を尊重してやる。絶対変えん。

提案したであろうあの女だって、どうせ模倣犯なんてものを信じちゃあいないのだ。

「というわけで、大体聞きたいことは終わってしまったのですが……」

我流秀一が若干ながらバツが悪そうにして、取り繕うようにへらへらと口を緩める。とても記事にするほどの内容はなかった。初めからこの話を聞きたかっただけなのだろう。

早く終わってくれるなら、どうでもいいが。人と話すのは疲れるし、この男を前にしていると余計なことばかり悩む羽目になり、迂闊な発言ばかりを口にしてしまいそうだった。

「そうか。じゃあ帰るぞ、あんたもさっさと帰って……あー……気をつけることだ」

したくもないが、つい心配などしてしまう。

それを受けてか、我流秀一が少しだけ笑った。控えめだが、今までの記者としての姿勢からではなく、個人的な感情の要因によって浮かべたものに、私には感じられた。

「それじゃあ、本日は」

「……待て。ちょっと、考えることがある」

「はぁ」

いいのだろうか。

なにもしないでこいつを帰してしまっていいのだろうか。万が一、二度あることはなんとやらとばかりに、本の通りにこの男が死ねば私はその事実を受け止めればいい？　三度も続けば言い逃れはできそうにない。逃れる？　私がなにから逃げているというんだ、私よ。

怯えている。心の奥底に根付き、深淵から私を見つめるものを、恐れている。それは心を固める氷の隙間が生まれるのをジッと待ちわびている。そいつの存在にどう立ち向かうのか。

手を打つということは事実を突きつけられる前に自分から認めるということ。

すなわち、『模倣犯』として自首するということに他ならない。

ふざけるな！　と思う。反発し、奥歯を歯軋りさせる強い憤りがある。

が、あるのなら、私に偽りなき確信があるのならば、黙って帰してしまえばいい。

この男が仮に殺されたところで、それは模倣犯の仕業だと、堂々としていればいい。

それが今の私にできるのか？　問う時点で迷っているのは明白で、迷うということは自信がなくて。

私はその答えを、どこまで先延ばしにしようというのか。

震えそうになる右腕を机に押しつけて、恐怖をひた隠しにしながら。

「……やっぱり、なんでもない」

「そうですか」

残念です、とでも続きそうな口ぶりだった。しかし最後はそれを払いのけるように、入ってきたと同じく記者然とした物言いを、背筋を伸ばして維持する。

「本日はありがとうございました。もし生きていたら、またお目にかかりましょう」

「……ああ」

結局私は、我流秀一になにも支援する約束をせずに別れて、逃げ出すように編集部を後にした。日帰りにするつもりはなかったが自然、足はホテルではなく駅に向かっていた。

誰かを見殺しにするかもしれない感覚は、人間が嫌いだろうと、他人に興味がないと言い張っていても後味が悪い。人命などどこの際どうでもいいのだが、『できることがあるのにやらない』というのが酷く気持ち悪いもどかしさを私に与えてくるのだ。

信号待ちにすぐ引っかかって、引き返すべきかとためらう。

点滅する青信号が消えて赤信号が私を遮る。

人の流れが留まり、群れが瘤《こぶ》のように膨れる。群れのどこにいようと高く熱い日が私たちを焼き、同時に車が動き出す。その自動車の巻き上げた燃料臭い風が私を吹き抜ける。

前髪が揺れては現れ、見えては消えていく。

塵芥《じんかい》のような私が生温い風に吹かれながら踏みとどまり、些細な抵抗を示した。

内側に整理のつかない不快さがあっても。そのどれもこれもをねじ伏せる。

まだ私は自分を信じていたい。

私の奥底より来たのは得体の知れない外部からの耳寄りな情報などというものでは

なく、長年見慣れた相棒のように頼りがいのある、自らの才能そのものであると。

そう、信じたかった。


午後六時を過ぎても、まだ日は沈みきっていなかった。夕焼け小焼けというものがどれくらいの天候と景色を表現したものかは寡聞にして知らないのだが、ひっそりと黄昏《たそがれ》に色づく空を見上げていると、夜よりも空気が冷え込んでいるように錯覚する。じわりと心の表面が濡れるような感覚と、妙な肌寒さに鳥肌が飛び出て、ざわつく。我々の原初はこの黄昏から、或いはこうした景色の見える場所にあるのかもしれない。

感傷に浸りながら小屋に入る。中では麻理君が足の親指を摑みながらテレビ鑑賞していた。

体育座りで、いつもの私と似た姿勢だった。

麻理君の目がテレビの輝きから、影で黒ずんだ私に向く。

「おかえりなさい」

「ああ。犯人は？」

「来ませんでした」

「そうか」と仕事用のパソコンの前で横になる。布団もかぶらず、座布団が脇の下に潜り込んでいる異物感と共に目を瞑り、肩を抱きしめるように腕を交差させる。

私はなにもしない。

なにもしないとは、つまり。逃げもしない、ということだ。


私が短編を掲載している雑誌のあとがきは大抵、お題として○○といえば、という形式を求めてくるのだがそれに則って秋といえば、と考える。秋といえば、私にとって忌々しいものである。

なにしろ私が落選した新人賞の授賞式が、この季節にあるからだ。

実に愉快ではない。そんな秋が今年も訪れていた。

「みんな言ってますよ、先生が予知能力を持っているか未来人だって」

携帯電話を弄りながら、こまっしゃくれた中学生がわざわざ報告してくれる。

この子の携帯番号を登録しているのは、色々と不都合ないだろうかと今になって思う。

「ネットのみんなです」

「みんなって誰だ」

「それはお前の知り合いか？　友人か？　親友か？」

当然、私も大人げなく反論してしまう。麻理君もムッとするが、私だってムッだ。

「顔も知らないような連中を仲間と思うな。薄っぺらい信頼を持つと手痛いしかえしを受けるぞ」

浅い付き合いも簡単に切れるという点では便利だが、逆も然《しか》りというところだ。人間、自分は別という考え方を捨てることが難しい。相手への仕打ちを自分にも返されると口では語ることができても、なかなか覚悟は決められないものだ。

麻理君がバナナに緑の混じったような黄色の携帯電話を操作しながら、不満げに睨んでくる。私がネットの意見とやらについてごまかしている、とでも解釈しているのだろう。事実その部分も含んでいるので、目を逸らして見なかったことにする。

「それより、今日は何日だ？」

「十九日ですけど。毎日聞いているんだから、考えれば分かりますよね」

生意気な子供だ。いや、生意気だから子供なのか？　かつては私もそうだったのだから。

「月は、ぇぇと、何月だ？」

「大丈夫ですか、先生。十一月です、昨日と変わっていませんよ」

「十一月の、十九……そうか」

もう一週間も前に、私は三十歳となっていたのか。誕生日など意識している余裕もなかった。

私の誕生日は、あの電撃を受けた日に変えてもいいような気がする。

立ち上がり、小屋の窓を開ける。すぐ隣の家の壁が見えてくるばかりで景色として見応えのあるものではないが、微かな冬を含んだ秋の風が衣服と胸の隙間に入り込んできて心地よい。

少し身を乗り出して上を覗けば、薄暗い家の間から、電線と空が見えてくる。今日は少し雲が多いようで、青空ではあるが色彩に陰りがある。こういう空も嫌いではないが、私は小説の中でどんな描写を入れただろう。確認するかどうか、少し迷いながら見つめ続ける。

我流秀一殺害事件（仮）という内容の新刊が世に出てから、九日が経過中だ。今のところ昼夜のニュースであの記者の名前を見ることはない。発売されてから、私はずっと日付を確認して、仕事も手につかないまま時間が流れるのを待っている。胃はとっくに荒れて常時締め付けられるようになり、パンシロンをきな粉のように食する毎日だ。

「怖いんですね、また人が死ぬの」

日付を聞くことを、麻理君はそう捉えたようだ。的外れと言わざるを得ない。

「誤解があるようだが、人が死ぬことは別に怖くないな」

窓から身体を引っ込めて振り返る。

私としては正直に語ったつもりだが、麻理君はそもそも聞いていないようだった。

前へつんのめるように、私の言葉の終わりとかぶせて話し続けてくる。

「死ぬと分かっていて本を出すなんて」

「出さなかったら死なないとでも……いや。じゃあ生活費をどう稼げというんだ」

他にできる仕事なんかないんだぞ、私は。私の人生の面倒なんてだれも見てくれない。

金も稼いだことのないガキにその方法への指図を受ける謂われはない。

「殺される人の名前を変えていませんでしたね」

棚に置いてあった新刊を手に取りながら麻理君が言う。食事中に会話が弾まないからと、つい話してしまったことがあるので麻理君もそのいきさつは既知だった。

「変えなかったら、売れなくなるからですか？」

「……確かに売れなくはなるかもな」

それは私にとって由々しき問題である。なんだかんだ理屈をつけても、売れることは大事だ。売れれば評価されて、待遇もよくなる。私の気分もいい。よい気分となれば筆も進む。

その循環でよりよきものは更なる高みに。乗れないものは沈んでいくばかりだ。

「でもそれだけじゃないんだよ、まぁ色々とな」

作家でない麻理君に私の心境を語ったところで、共感など呼びはしないだろう。経験のないものにすら納得させるのが一流の小説家なのかもしれないが、弁舌にはとんと自信がない。

窓の方を向くと、「逃げた」と背中を評してきた。無視して窓枠に寄りかかり、俯く。

同じ小屋に住もうとも味方しない小娘は、私の人間関係の象徴めいていた。

私は己の恐怖を緩和する術を持たない。他者が請け負ってくれるわけでもない。

閃きも恐怖も、すべては私という深淵の底からやってくる。エウロパの厚い氷の隙間から噴き出す海のように、私を浸し、或いは、私を溺れさせるのだ。

私は追い立てられて、そして追い詰められている。

自らのエウロパの底に潜むものを、恐れている。

「…………………………………………」

溺れるような息苦しさは、かつての私を思い起こさせる。

私が僕だったり俺だったりした、そんな昔。冬になると透明な檻に囲まれてその中を白い吐息で埋め尽くすような毎日を送っていた。作家になるよりも更に以前、将来の展望なんていうものがどこにも見えなかった学生の頃の話だ。あの頃の私に足りないものは、自負だった。

なにができるかを手探りしようともせず、ただ窮屈な世界に辟易《へきえき》していた。季節が巡るようにいつかそれが終わりを迎えて、もう少しのびのびと生きているなんて思っていた。

勿論、そんなことはあり得ない。人は歳を経るほどに束縛が増えていくものだ。

肉体の衰えに、才能の枯渇。……才能は、本当に失われないものなんだろうか？

「でも、安心した、みたいな」

麻理君がなにか言い出した。首だけ振り返り、「なんの話だ」と聞いてみる。

彼女の口から安心なんて、平和な言葉が出てくるのは滅多にない。

「先生が、本を売るために人が死ぬのを手ぐすね引いて待つような人じゃなくて、その、そういうところ、評価しています」

　言葉を選んだ末、随分と上から目線なお褒めの言葉をくれる。

　本人もしっくり来る言葉が見つからないせいか、表情が淀んでおかしな顔になっていた。

「そりゃあ、どうも」

　思わず苦笑してしまう。もう少しかわいげのある言い方ができないものか。偏った語彙と背伸びした意識に幼さを感じて和んでいると、耳障りな音が鳴り出した。机の上で震えている携帯電話の音が、秋に相応しくない騒々しさで私を呼ぶ。手に取り、かけてきた相手を確かめると編集者ではなく、我流秀一でもなく。登録外の見慣れない番号だった。

　血が凍る感触に、肘と腕の裏側が引きつる。

　出たくない、と感じながらも指が自動で動いて、通話の扉を開く。

「……はい」

　編集者が携帯電話を変えたとか、間違い電話とか。楽観的な答えを期待してみたが。

　すべて、裏切られる。

『先生、こんにちは。上社です、覚えていますか？』

「忘れたな」

『ではもう一度自己紹介させて頂きます』

「いらん。それよりなぜ電話番号を知っている」

『編集者さんに教えてもらいました』

いくら警察が相手でも個人情報をほいほい渡すとは、あの担当め。

『先生、よい話と悪い話が両方あるのですが。どっちから聞きたいですか？』

海外ドラマか、と言及したいが堪えて、努めて無愛想に返事する。

「聞くが、それは誰にとってのよし悪しなんだ？」

『はい？』

「お前にとってのよい話と、私にとっての悪い話でしたなんていう三流叙述トリックみたいな引っかけじゃないだろうな」

『あははは』

女刑事の笑い声はあどけない。電話越しだと十代を相手にしているかのようだ。

『疑り深いですねぇ。先生の作品は叙述トリックが多いですけど、そういうひねくれ具合でないと上手く書けないものなんでしょうか？』

「疑り深いなんてお互いさまだと思うがね。なんでもいいからさっさと話してくれ」

嫌な予感で早くも胃もたれしそうだが、ここで逃げるわけにはいかない。

『きっと、誰にとっても良い話と、誰にとっても悲しい話です』

この女から電話がかかってきた時点で予感していたが、悲しいという表現で予感は確信に変わる。今、私はお前の望む通りに未来を予知しているぞ、と言ってやりたくなる。

叫びだしたかった。

『悪い方からお話すると、我流秀一が殺害されました』

「……………………………そうか」

その報告に、大きく落胆する私がいて。

同時にこれ以上神経をすり減らさなくていいと、脱力している面もあった。

死んだ……そうか、死んだか。

畳みかけるようになにか言ってくるかと思ったが沈黙している。私の出方を窺っているのか。

「警察はなにをしていたんだ、無能め」

『返す言葉もありません』

他県で管轄も違う以上、この女になにができるのかという話だが。

返す言葉がないならこのまま電話を切っていいのか、と聞こうとしたところで反撃が来る。

『次期にこの件も報道されます。小説と関連した殺人が三度起きた、と』

「……そうだな」

『まだ犯人が真似をしている、という主張を続けられますか？』

「当然だ……だ……」

言い切ることもできず、声は弱々しい。今にも私の背骨ごと、折れてしまいそうに薄い。

『我流さんは独自に犯人を追った結果、相手側がそれに気づき目をつけられて、殺害されてしまったようです。……これは、教えた私たちにも責任がありますね』

「……なんだと」

まさか、まさかとは思うが。私の原稿の内容を知ったことで我流秀一はやってきて、興味を持ち、身辺調査などを始めた結果、殺された？　本の内容の通りに事態が収束したのか？

「いやしかし……いや。そっちの方が都合いい、矛盾がない、な」

事態の収束という点は不明瞭だが、風が吹けば……の理屈で死に至った可能性はある。

『どうかしましたか？』

「あ……なんでもない」

声に出していたことを恥じる。麻理君の視線がこちらに注がれていることにも気づき、電話を守るように背を丸めて、声を極力潜める。この冷静な部分がいつまで保《も》つことか。

『次によい方の話なんですが』

「だから、誰にとってのだ」

『犯人が捕まりました』

今まで会話を続けてきたにも関わらず、出し抜けというように相応しい一言が耳を貫いた。

「……なに？」

『我流秀一さんを殺害した犯人です。犯行後、すぐに逮捕となりました』

ざぁざぁと、頭の頂点から滝が流れてくるような音がした。

本来は脳を循環するべき思考が一直線に流れ落ちて、考えというものが生まれない。

『もっと詳しく事情を聞かないと断定はできませんが、どうも以前までの事件とは別の犯人みたいです。一件目と二件目で犯人が違うという先生の推測も当たっているかもしれません』

「捕まえた……?」

そんなこと、私の小説には、書かれていなかったぞ。

なぜ小説の通りに逃げなかった。逃げ切れなかったんだ。

『ええ。犯行後となってしまったのは残念ですが、確保しました』

そうして、女刑事が探し求めていた『証拠』を突きつけてくる。

三件目の犯人は警察の詰問にこう答えたという。

『俺は本なんて漫画しか読んだことねーよ』

口調までそっくりそのまま真似してくれたようだ。

どろりと。血が、私の外から流れ込む。

目の前が一瞬、真っ赤に染まり上がる。

その血の向こうに、立ち眩《くら》みのように一筋の光が走った。

『これは困りましたね。本を読んだことのない方が先生の真似を、』

「ぐ、ぎ、ぎぎぎ、ぁ、ぁあ、あ」

『先生?』

女刑事の声が耳から奥へと入り込んでくる。それを邪魔だと払いのけるように手を振ったところで、じわじわと目の中に血が侵食してくる。こんなときに、アレが来るのか。

女刑事は私が苦し紛れに要領を得ない振りをしている、なんて思っていないだろうか。そんなことが気がかりなまま、段々と意識が遠くなる。前回までと苦痛の形が大きく異なっている。

脳がアンテナの如《ごと》く伸びるような、引き伸ばしの激痛に頭蓋骨が悲鳴をあげているのだ。電話も放り出してうずくまり、勝手気ままに形を変えようとする脳みそと共にのたうち回る。

私の異変を見て取ってか、麻理君が駆け寄って側に屈んでくる。大丈夫かと聞かれたようだがその声は、顔が縦に引き伸ばされて耳の脇がちぎれる音にかき消される。頬骨の下でぶちぶちと、肉の繊維の消し飛ぶ音が断続的に続いていた。

今度は誰が、誰が死ぬというんだ。このままでは私が死んでしまいそうだぞ。

更に大きななにかを受信するために、強制変異が降りかかる。

今までも、受信する度に変異が訪れていたのだとしたら。

私は、今も自分の知る私なのだろうか。

無我夢中で駆け出す。足の裏側が煤けた石造りの床の上を滑り、もどかしく、前に進めている実感がなかった。首の脈拍だけが加速を続けて、嘔吐の感覚と共に時間が迫《せ》り上がる。手足が水中をもがくように緩慢となり、景色もまた、輪郭が緩む。糸がほつれて景色と物体、人影の存在が溶け合う。視界を駆け抜けるのは光の粒だけとなり、それを掻き分ける度に頭の中で洪水が巻き起こる。椅子を蹴倒して膝から下をそこに置いていくような喪失感をも乗り越えて、駆ける。前へ、駆ける。

走り抜ける風がぶつかり、肌を引き裂く。

刃の線が正面の影を捉える前に、風が向きを変える。引っ摑み、もがき、奪われた銀の刃が、引き返そうと切っ先を揃える。獲物は、快楽を提供するための狩りの対象でしかなかった。

囲炉裏の灰が夜風で舞い散り、天井を舞う。

麻理玲菜の喉元に、白刃が差し迫る。

四章『お尋ね者との戦い』

偶然を証明する、なんていうことはできるのだろうか。

三件目の犯人に『模倣犯』の可能性を否定された今となっては、残されたものは偶然の一致という苦しいなんてものではない主張しか残されていなかった。我ながら無理がある。

我流秀一が殺害されたという事実は、私になにをもたらすのか。

「……テレビ出演？」

真っ先にやってきたのは、表舞台への連行だった。公開処刑の場といってもいい。

『はい。先生にぜひ出演していただきたいと、主役としての依頼が来ています』

編集者が、なぜかは知らんが弾むような声で報告してくる。

雑誌の取材はうんざりするほど来るが、映像メディアからの依頼は珍しいな。

「私はコメンテーターではない、小説家だ。断る」

表舞台に出ていいのは手がけた作品だけだ。作者というものは作品の黒子に徹するべきで、表に出てあーだこーだと弁舌垂れている暇があるなら、一ページでも多く書き進めた方がどれだけ読者の期待に応えられるか、という話だ。

しかし雑誌の取材を断るときはこれで終わるのに、今回は編集者が食らいついてくる。

『本のよい宣伝になりますので、こちらとしては出る方向でお願いしたいのですが……』

「あのなぁ……」

会社にとってはなんと頼もしい編集者だ。商魂のたくましさには呆れる反面、感動もする。しかしそんな場に出れば私はよい晒《さら》し者だ。道化を演じろというのか。

「大体、この企画……事件の徹底究明とはいうが、やることは私の予知能力の有無についての討論みたいじゃないか。なぜ自称霊能力者と共演しなければいけないんだ」

『そうですね。怪しいですよねぇ、霊能力者なんて。予言者を呼べなかったんですかね』

そういう問題ではない。はぁ、と息をついたのが伝わったのか編集者が補足してくる。

『正直、出ても出なくても先生の評判自体はなにも変わらないと思いますよ。もうそういうところまで来ています。三件も当て続ければ予知か、会社の宣伝と邪推されても仕方ないです』

本の宣伝か。それならどれだけ幸せなことか。願いたいが、違うと私は知っている。私がなにも『見なければ』、それを信じてもいいのだが。生憎、見ないフリはできない。

『会社にも電話がばんばんかかってきて酷いことになっているので、ここは一度、テレビに出て色々とはっきりさせてほしいということもあるんですよ』

「はっきり言ってくれる……少し考えさせてくれ」

編集者の了承を得ないままに電話を切る。考えるもなにも出る気などまったくないのだが、一応は検討してみたい。私のこの状況を覆すために役立たないかと、考えたいのだ。

電話を終えてから座り込み、顔の正面、鼻の上を通るように巻きつけた腕を机に置いて、枕の代わりにしながら目を瞑る。どいつもこいつも、ぎゃあぎゃあと周りで騒々しい。

仮に未来が読めたとして、それがなんだというんだ。

そんなことより私の小説を読め。せっかくの傑作を台無しにされ続けて、最悪だ。

三人目の犯人が逮捕されたのは報道でも確認済みだ。名前は須賀《すが》楠雄《くすお》だったか。そしてその犯人が『模倣犯などではない』と訴えたことにより、私の予言者であるという説が一層、信憑性を帯びつつある。なにしろ殺害動機や殺し方まで、そっくりそのままなのだから。動機を揃えるというのは、さすがに真似事として矛盾している。

「みたいですよ」

「そうかい」

麻理君の報告に、適当に返事する。きみはそんなことより、もっと心配することがあるはずだろう。現状私しか知らないそれが気にかかり、彼女の顔を直視しづらい。

「どうするんですか、先生」

「さぁ……作家を辞めてパン屋の店員になるべきかもしれないな」

一時の栄華を残して、原点に至る。そのままだ。一つ違うのは、彼は多くのことを学んだことで意味があったかもしれないが、私には特になにもないことだ。至ると、戻るは違う。

それになにより、私には花束を捧げるような相手もいない。

「……今日は、寒いな……」

寝言のように呟く。腰回りに冷気が溜まっているみたいで胴が重い。十一月も半ばを過ぎて、冬が日々訪れる雲のように、私たちの頭上を覆い始めていた。電撃を受けてから、一年が経とうとしているのか。私自身は変わらず小説を書き続けてきたが、周辺が激動した一年だった。

麻理君がここにやってきてから半年近くが経つ。今のところ彼女はここに来た目的というものを果たすことはなく、人の住処《すみか》に汚いだの散々文句をつけてくれる。生活態度にも毒を吐き、母親めいたことを言ってくれるので実に鬱陶しい。トイレにも時々は付き合ってやっているというのに。ただ、今は私の代わりに小屋の掃除を内外問わず行ってくれるので、助かる部分もあった。復讐はこの際忘れて、掃除係に従事するというのはどうだろうと今度提案してみようと思っている。なんとなく頭突きされそうだが。

訪れてから半年、事件が未解決なまま、相当の月日が経っているわけだ。

麻理君は恐らく一件目の犯人が逮捕されるまでは居座るつもりだろう。犯人は今、なにをやっているのか。二件目の犯人、もしかしたら同一人物かもしれないが、そちらも捕まっていない。……その犯人のどちらかが、次の犯行を生むのか。それともまた、別人なのか。

四件目の事件が冬に待ち受ける。

麻理玲菜。次に死ぬのは、この子だ。

私はそれを本人に告げて、本にするべきだろうか。

今回はメモを取っていない。それでも一字一句、忘れることはできなかった。

「先生？　また、目が痛いんですか？」

灰で汚れた囲炉裏の周辺を拭いている麻理君が、この間のことも踏まえてか多少は心配してくれる。この間の……『予知』（笑）は酷かった。あれ以来、どうにも頭の形が変わってしまったような違和感が拭えない。それも表面ではない、脳の形が歪んでいるように思えてならない。

「少し疲れているだけだ」

嘘ではなかった。しかし、半分しか本当ではない。実際はもの凄く疲れていた。

顔を伏せながら、横目で麻理君の様子を眺める。文句ばかりいうのではなく、自分から掃除するようになったのは素晴らしい進歩だろう。肌の色艶もいい、ここへやってきた当初よりも落ち着いて、よい言い方ならばそうなのだが、悪く言えば怒りというものが治まってきているように思える。人間というのは、怒りを永遠に持続させることが思いの外、難しいようだ。

今の彼女に、きみはこの冬に死ぬのだと伝えたらどのような行動に出るだろう。残り少ない命を復讐に費やすか？　私ならそうする。死にたくないと泣き叫ぶか？　昔書いた小説ならそうなる。家族のもとへ逝《い》けると滂沱《ぼうた》の涙を流すか？　そこまで切羽詰まってはいないか。

　想像するより言ってみた方が、結果が見えて早いのかもしれない。しかし、と掃除する姿を眺めていると思いとどまる。言えば掃除などしてくれなくなるだろう。だから、掃除が終わるまでは黙っている方が合理的だ。そういうことにして、口をつぐむ。

　今日の分の掃除が一段落ついたのを見計らって、麻理君に声をかけた。

「今夜は、きみの好きなものを食べよう」

　ご苦労さんの代わりぐらいのつもりで言ってみた。麻理君が肩を吊り上げて、警戒するように身を引く。私の親切はそんなに怪しいのか。

「急にどうしたんですか」

「私を評価してくれたんだろう？　その礼と思えばいい」

　感づかれないよう、適当な理由をでっち上げる。

　自分で提案しておいてなんだが、気に入らない。

　死にゆく人間への手向けめいているし、或いは。

　これでは食用に成長させるための、そう、家畜の飼育めいているではないか。その仕組み自体は人類の英知であると確信しているが、それを人間に適用するのは、どこか歪だ。

「……ところで、きみの好きなものってなんだ？」

しばらく一緒に暮らしているが、分かっていなかったことに気づく。

今までまったく興味がなかったから当然ではあるが。

「鰻《うなぎ》とか好きです」

「鰻か……」

私も活力に欠けている。丁度いいのかもしれないな。

本当に効果があるのかは知らん。しかし、思い込みとは捨てたものでもない。

私が腕を動かすのも、思考するのも。すべては『そうである』と学ぶ環境の中で培われた、思い込みによるものかもしれない。その思い込みが解けたとき、私の腕は動かなくなり、世界は色彩を失って一つの暗闇に沈み込んでいく、のかもしれないと高校生のときよく考えた。

あの頃から私は己の深淵に恐怖を見出していた。そう、それこそが私の原点なのだ。

だから、戻るわけにはいかなかった。


というわけで鰻屋に向かうところから始めなければいけなかった。スーパーの鰻でも十分すぎるほどの値段と味なのだが、この際だから外に出て冷え込んだ空気を吸おう、というのもある。熱を含んで膨張した不安を冷ますために、外の空気で深呼吸したかった。

「先生は自動車の免許持ってないんですか？」

自転車を二台引っ張り出してきた私に、麻理君が尋ねる。

「あるぞ、それもゴールド当確だ」

麻理君がパッと顔を輝かせる。しかしその意味を理解してか、すぐに眉根を寄せた。

「ペーパーですか？」

「身分証代わりと言ってくれ。行くぞ、少し遠いからな」

私の知っている鰻屋は街中にしかない。中央病院を越えた先にある店で、三十分ぐらいはかかるだろうか。以前は昼から夕方の間も休まず店を開けていて世話になったのだが、最近は休み時間を取るようになったので敬遠していた。向かうのは何年ぶりだろう、そういえばまだあるのだろうか。ろくに調べもしないまま、自転車のペダルを強く踏み込んだ。

橋を越えて松屋《まつや》を越えて、鯛《たい》焼き屋を越えて大陸系の中華料理屋を越えて、最後に病院を越えて更に走ったところで煤けた建物を発見した。私の暮らす小屋と大差ない薄暗さに彩られた建物は健在で、灯りも店の奥に薄ぼんやりと見えている。走っている間に空の光が流れ星のように遠くへと消えて、風呂敷のように広がった夜が頭上を埋め尽くしていた。

駐車場には私たちとほぼ同時に入ってきた自動車があり、男が一人出てくる。先に頼まれてこちらの注文を後回しにされるのも嫌なので、早歩きで店へ入った。麻理君も続く。

店内は小さく、四組ほどの客しか入れない。時間が早いためか、まだ客はいなかった。奥の席に座り、品書きを取る。見てみたが、特になにも増えていなかった。その代わりに以前よりも高値が並んでいる。鰻の値段が高騰しているというのは本当らしい。

「好きなものを頼め」

品書きの六割は鰻丼の並と上と特上だが。あとは、鯉の洗いに肝吸いぐらいだ。

「特上で」

「飯と鰻が両方多いぞ」

「がんばります」

「特上二つ」

相変わらず愛想のない老婆に注文する。奥に控える老人がそれを受けて鰻の用意を始めた。どちらも健在のようで、なんとなく嬉《うれ》しくなる。変わらないものというのも、悪くない。

「ところでいいのか？」

「なにがですか？」

「私の金で飯を食うのは嫌なんだろう？」

きょとんとしていた麻理君の口が『あ』と開く。失念していたようだ。

麻理君は品書きの値段を慌てて確認した後、自分の財布を開く。財布を覗き込み、しばらく固まっていたがやがて毅然《きぜん》とした態度を伴って顔を上げる。頬が少し引きつっていた。

「自分の分は自分で払います」

「素晴らしい」

あの世に銭は持っていけないからな、と危うく口を滑らせかけた。

駐車場にいた男も店に入ってくる。こちらを覗くように一瞥した……気がした。すぐに視線が外れたのでこちらも殊更に見つめ返すような真似はせず、特上を調子に乗って頼んだことを後悔していそうな麻理君を眺めながら、ぼんやりとする。自然、組んでいた腕が垂れて足もテーブルの下で伸びていた。弛緩《しかん》した身体は関節のゴムが伸びきった人形のようにだらしなく、そして、独特の熱を蓄えていた。天井を向きながら、微かに唇を開く。

締め切りが迫るとパソコンの前から逃げ出したくなるのはいつものことだったが、今はまた違う心労に苛まれて、ここへ逃げてきたように思う。私も歳だからな、と三十代に仲間入りした肩やら腰やらに笑う。

テレビに出て、釈明……適切な表現はなんだ。惚《ぼ》けた頭には思いつかないが、私が摩訶不思議な力に頼っているわけではないと、世間を納得させられるだろうか。いやぁまぁ無理だねと軽率に否定している自分がどこかにいて、受けた私もそれを認めていた。

しかし、どこにも逃げ場なんてものがないのは事実だ。出演しなかった、という事実を好き勝手に言われることもありうる。そもそも、既に詰んでいるのは編集者の言った通りだ。

私は恐らく、この先なにがあろうと予知能力者という色物のレッテルを貼られて真っ当な小説家として評価される機会にはまず恵まれないだろう。それだけの事件があり、望んでもいないのに関わってしまったのだから。黙っていても、世間の目から身を隠しても、そいつを覆すことは絶対にできない。時間も解決してくれないだろう、それならば、敢えて衆目に身をさらして、気を抜けば息を止めてしまいそうなほどに気詰まりする状況を打破する、きっかけを求めるのもあり得ない話ではなかった。とにかく、行動しなければなにも始まらず、終わっていくばかりだと思う。小説を、麻理玲菜の死を書くかどうかを含めて、だ。

書かなくてもどうせ死ぬから、書いてしまおう。そんな考えが、大きな羽を振ってその影に呑まれるように頭をよぎる。書けばまた爆発的に売れてしまうだろう。こんな大当たり、今後一切縁がないだろう。それぐらいは、自分がどれくらいの天才か理解しているので身の程をわきまえているつもりだ。

生々しいことを言えば、今の内に話題になって稼いでおくのも悪くない。蓄えさえあれば将来的に、売り上げを度外視して趣味に走った本を書くこともできるだろう。人の死に乗った流行を作った私を擁護する出版社へのバッシングを想像して、それに応対して目を回している担当編集者の姿に軽く噴き出した。あの男の顔色の悪さから考えると、目が回るよりも据わっているときの方が恐ろしいだろう、と。笑っていると顔が少し疲れて、つい、瞼を下ろす。

目を瞑ると、変形した脳の形をはっきりと意識するような、そんな異物感を暗闇の向こうに感じて薄気味悪い。アンテナが立ちっぱなしの脳みそは酷く据わりの悪いものだった。

　こいつのせいで最近は眠りが浅い。夜中に目が覚めることを何度も繰り返して、これならいっそ寝ない方が体調を崩さないのでは、と思うほどだ。しかし以前に不眠と体調不良で参って病院の世話になったことを思い出すと、やはりそうでもないのだろうなぁと自制する。

　眠りたくもあり。明日が来ることへの恐れもあり。なんとも、ワガママだ。

「先生？」

「……ん？」

「鰻来ましたよ」

　麻理君に呼ばれる。意識してみると、香ばしい匂いが鼻に入り込んできた。

「意外と早かったな」

　身体を起こしてから足を引く。割り箸を引っこ抜いて、綺麗に割ろうとしてみたが、割るというより裂けるように分かれて、ささくれも十分に残る最悪の出来映えとなった。

「ださ」

麻理君が的確に辛辣な評価を下す。その手元の割り箸は指先の延長のごとく綺麗なものだ。

「交換してくれ」

「嫌に決まっています」

「だろうな。片方でいい」

特に酷い方を差し出す。麻理君は啞然《あぜん》とした顔つきになったものの、溜息で気分を切り替えたのか私の提案を無視して食べ始める。私も交渉は諦めて肝吸いを一口啜《すす》り、舌の先端を火傷してから湯気の立ち上るどんぶりを手に取った。特上のどんぶりはずっしりと中身に満ちている。以前から並しか食べたことのない私には未知の領域、そして量であった。

猛然と食べ進める（しかし口は小さいので遅い）麻理君に倣うように箸を米粒の海へ突っ込ませる。特上になると、ご飯の中間あたりに鰻がもう一段控えている。これは面白い。

遠い遠いエウロパの深淵も、こんな風に覗ければいいのに。

鰻屋にもテレビがある。何年か前に来たときは型も古く、小さなテレビが置いてあるだけだったが買い換えたらしく、薄型のテレビが壁際の見やすい高さに設置されていた。

もう一人の客の分まで作り終えた後、焼き担当の老人がテレビの電源を入れたらしい。画面の暗闇を払拭するように始まったそれは、監視されているように、私から逃げ場を奪う。

ニュースではなく特番のようで、見慣れた作家名、つまり私の謎、と題して特集している。私は、誰のものか知らないが真っ黒い人影として画面の中央に映り、頭に？マークを大きく刻まれていた。あれでは本当に犯人めいている。世間ではこういう扱いなのだろう。

その隣には先日捕まったばかりの、三件目の犯人の画像が一緒に載っている。？顔である私の方が男前だな、と感じるほどに卑屈な顔つきで、退屈そうに横を向いていた。

振り向いてテレビ画面に見入っていた麻理君が向き直る。口の中のものを飲み込んだ後、私に質問してきた。

「先生は、こんな状況でも本を書き続けるんですか？」

鰻を半分嚙みながら、「もちろん」と答える。その割に最近はなにも書いていないが。

「それはなぜ？」

「生きるためだ」

理由を統括して、簡単に答える。生きるため。なんと融通の利く、便利な言葉か。

「お金のためですか」

「それもある」

他にあるんですか、とその目に問われる。互いにご飯をかき込みつつ、言った。

「本を出さなければ私は死んでいるようなものだ。作家として活動していないなら死んでいるといっていい。だが、私はまだ死にたくないんだ。人間としてはともかく、作家としてな」

思えば、あの電撃を受けたときに私は蘇ってなどいなかったのかもしれない。私はあの日、作り替えられてしまった。

人称が変わるだけならいいが、それ以外にも多くのものが変質した。日々分裂していく細胞は以前までの私を再現することなく、電流という刺激によって道を誤り、新しい私を作り上げてしまったのだろう。電気の光は迷子を導くのではなく、総出で帰るべき道を失う罠だった。

火星人の実験など信用する方がバカを見るに決まっている。などと、何度手のひらを返せばいいのやら、だ。あと一度は返したいところだが、はてさて、できるものか。

「わたしにはよく分かりません」

「当たり前だ、きみは作家じゃない」

麻理君がムッと、眉根を寄せる。「えらそう」という私への評価までくっつけて。

「分かるように言ってください」

「復讐の機会が巡ってきたら、きみはどれだけ批難されようともそれを果たすか？」

麻理君の立場に置き換えてみた。私の小説への思いに値するのはそれぐらいだろう。

そう尋ねられた麻理君の言葉が喉に詰まったのは、鰻や白米のせいではないはずだ。

私は話し合いが終わったと理解して、どんぶりに目を落とす。

しますとすぐに答えないあたり、人生を懸ける覚悟まではないらしい。かわいらしいものじゃないか。そんな子は大人しく中学校に通えばいい。私のところにやってきてから、この子は当然といえばそうなのだが学校に通おうとしない。自分がそこでどういう目で見られるのかも、よく分かっているのだろう。それに耐えられるかどうかも含めて。

食べながら味も上の空に、考える。

私がこれから取るべき道は、いや、できることは大まかに三つ。

一つ、何事もないように小説を書く。

二つ、開き直ってテレビに出演して、超能力者を気取る。

三つ、新作の存在を警察に公表した後、麻理君を助ける。

普通なら三番目を選ぶのではないのだろうか。しかしこの子を助けて、私に得があるのだろうか。私の親類縁者でもないただの子供を守る理由など何一つない。そこまで人情家ではないのだ。たとえば彼女と自分の命を天秤《てんびん》にかけたらなんのためらいもなく死ねと言える。優先するべき理由がなにもない。彼女が生き残ったところでなにがある？　という話だ。

「……前提が腐っているな」

他人の生き死にを損得で捉える時点で、ある種の病に陥っている。

それは滋養に満ちた鰻でも、どうにもならないかもしれなかった。

それからは黙々と食べ続けた。お互い、途中から話している余裕は失われて、そんな隙間があるなら少しでも胃に飯を運べ、と切羽詰まっていた。鰻の食い方に初心者、玄人《くろうと》などない気もするがリハビリもなくいきなり特上を注文するのは、蛮勇であったと認めざるを得ない。

麻理君の顔にもありありと後悔が滲《にじ》んでいるが、しかし自分の支払いである以上、『残すのは勿体ない』という意識が肥大化しているのだろう。果敢に、飯を食らう。

私もそれを模倣するように箸を動かして、いつ見えるとも知れないどんぶりの底を目指して戦い続けた。

苦しく辛く、苦難に満ちた道である。だが、それがいい。

苦しくて辛いと、他の悩みを一時でも忘れられる。とてもありがたかった。

途中経過は見苦しくなるので省くが、結果として私と麻理君のどんぶりはどちらも底をついた。プレゼントを配る前のサンタの袋より胃が膨れあがっている自信がある。勝ち気である麻理君も言葉はなく、目がうつろに天井をさまよっていた。今、腹を押したら死ぬだろう。

食べ過ぎはいけないな、と腹回りの圧迫感と同時に感じる。

せっかく美味いものを口にしても、腹が満ちすぎると心の充足が欠ける。

ほどほどが一番だった。

腹が張り裂けそうになって、頭に血が回らないまま会計を済ませて、店を出る。

「失礼、××××先生ですよね？」

と、冷たい夜の空気と共に声をかけられる。店から慌てたように出てきたのは、私たちと同時期に店へ入った男だった。季節を先取りするように、ファー付きのコートで首周りを温めている。当然といえばそうだが、この男からも鰻の匂いがした。

「だれだそれは」

とぼけてみる。私は露出が少ない、どこで知ったか知らんがとぼければごまかせるだろう。

しかし男は「いえいえ、×××先生ですよね。直接お目にかかったのは初めてですけど、写真を拝見したことあります。サイン会の写真だと思うんですけど」

「……っち」

そういえば確かに一度だけ撮られている。海外でのサイン会のときに、撮影禁止というのに勝手に撮ってネットにアップロードした、質《たち》の悪いやつがいたのだ。

忌々しい、やはり行くんじゃなかった。こうなっては言い逃れできないじゃないか。

「あー、今思い出した。私はそういうやつかもしれないな」

「やっぱりそうですか」

男が頬をほころばせる。悪びれない私に怒る様子もない。よほどのファンらしい。

屈託のない笑顔ではあるが、男に向けるような顔ではないな。

……はて。どこかで、見た覚え……いや。また違う、懐かしさを感じるな。

「握手をお願いしていいですか」

男が手を差し出す。腕は細いというのに、手のひらは大きい。握ればそのまま私の手を潰すことも容易そうだ。

「サインじゃなくていいのか？」

「寒い中で先生の手を煩わせるわけにもいきませんので」

そう言って、半ば強引に私の手を握ってくる。包むように、実際に男の両手に挟まれる形で私の手が呑まれる。手首から先がまったく見えなくなり、同時に男の手の感触にギョッとする。

冷たい熱いではなく、ぬちょっとしていた。

男は最後に私の手と腕を上下に振った後、大きく一礼して店へ戻っていった。私は握られた手を確かめて、手の甲に付着しているものに気づく。香ばしい赤茶色のそれには見覚えがある。位置から考えてどうやら、男の指先に鰻のタレがくっついていたらしい。おい。

「なんですか今の」

「聞いてなかったのか、私のファンだろ」

自転車の鍵を外しながら言うと、麻理君が「そうだといいですね」と冷たい反応をみせた。

半ば冗談で言ったのだが、冷静に考えてみるとそれ以外にあんな男が、私に声をかける理由もそうそうあるまい。麻理君に声をかけるなら、そういうのもいるだろうと納得できるのだが。

「……そういえば、美味かったか？」

自転車の向きを変えながら感想を確かめてみる。麻理君も自転車を私の横に揃えるように直しながら、「おいしかったです」と認める。彼女にしては素直な賛辞だ、と思っていると。

「とても、です」

感想に付け足しがあった。よほどお気に召したらしく、微かだが笑っている。

それに影響されてつい、私もあまり柄にないことを言ってしまう。

「それなら、その内また来るか」

「はい」

少し嬉しそう、に私には見える麻理君の返事を受けて、あぁ、と腑に落ちるものがあった。

昔読んだ漫画に、大人は『いつか』とか、『その内』なんて言葉をすぐに使ってしまう……そういう感じの台詞があって、今でもよく覚えている。そして、大人になるとよく分かるものだ。

私も深い考えなくそんなことを言ってしまい、少し経って、口約束の軽さに気づく。その内なんてものがあるということは麻理君が復讐を果たす機会に恵まれず、また同時に私の小説を真似するなんて大それたことが起きない、そんな平和で平坦で、なにも起きない毎日が訪れなければいけない。そんなことはあり得ないだろう、しかし。約束を交わすだけでも、活力かは知らんが、貰えたものはある。

そいつでどこまで、私の周りを支え、同時に圧迫するものと戦えるかが肝要なところだ。

帰宅後、私は三時間ほど悩んだ後にテレビ出演了承の旨を編集者にメールで送信する。

これで少しは、私の行き詰まった現状に変化が訪れてくれると願って。


「私が不在の間に犯人が訪ねてきたら」

「はいはい、好きにさせてもらいます」

いつものように外出の挨拶を交わして、都会へとおもむいたのは出演に了承してから三週間後のことだった。その間、私は原稿にまったく手をつけていない。悩んでもがいている間に、自分の中で決めていた締め切りが迫っている。私は今、小説家なのだろうか。

様々な疑問を持ちながら新幹線に乗り、タクシーに運ばれてテレビ局へと到着する。この手の収録スタジオへ呼ばれるのは何年前かにラジオ出演したとき以来だろう。あの頃の私は若く、緊張ばかりが先行して声まで終始裏返っていた。いつの間に、こんな性格になったのか。

テレビ局に来たのも初めてではない。十何年前か忘れたが、中学の修学旅行で見学に訪れたことがある。そのときに同級生だった友人が漫画の賞を取り、私はそれが悔しくて、自分は小説で賞を取ろうと思い立ち、宣言した。まさか将来、本当になれるとは思わなかったが。

中で挙動不審に突っ立っていたら、担当編集者が私を見つけて楽屋まで案内してくれた。出たがりの男だが、今回は私の付き添いに留めて出演はしないらしい。私が晒し者となることを踏まえて、そのとばっちりを受けたくないのだろう。実に賢明な判断だ。

編集者に連れられて楽屋へ向かう。道中、「緊張していますか？」と心配された。

「そう見えるか？」

「顔が強《こわ》ばっていますので」

「それは……そういうことにしておこう」

冬に死にゆく子のことを考えていた、とは言いづらかった。

楽屋に入ると、むわりとした熱気が出迎えてくれる。通路と異なる温度に肌が、特に鼻がちりちりと痛んだ。楽屋内には新聞と雑誌、飲み物、あと簡単な菓子類がテーブルの上に纏められている。話に聞くロケ弁というものがあるのだろうかと少し期待していたが、まだ用意されていないようだった。夜中の七時過ぎに呼んでおいて、夕飯ぐらい用意しておいてほしい。……と考えてそういえば、ロケ弁食べたことあるわ、と思い出す。実写映画の撮影に立ち会ったとき、昼過ぎに配られたものを受け取ったことがある。中身は唐揚げと蟹爪《かにづめ》フライだった。

楽屋の中には私と編集者しかいない。読みもしない新聞を手に取り、用意された椅子に腰かける。壁際だからか、壁と床の隙間から微かな風が入り込んできて、足首をくすぐった。

「……寒いな」

足もとから冷たい空気が吹き抜けてくるようで。冬は、やはり苦手だ。

こんな冷たい中で死んでいくのは、きっと、とてつもない不幸であるように感じる。

……麻理君の死は、空気が冷たいという表現があったから冬だと考えている。冷蔵庫の中で死んでいる、なんてことでなければ。しかし冬と一口に言ってもその期間は長いものだ。今日だって私からすれば十分に寒く、既に冬の寒気はこの国を覆い尽くしていた。

つまり、今日、明日の内に麻理君が殺害される可能性だってある、ということだ。

……それはあるのか？　今までの事件はすべて、本が出版されてから起きていた。

つまりないな、うん。本が出る前に事件なんてあり得ない。それが唯一、現状で私に残された反論の拠《よ》り所である。もっともそう考えているのは私だけで、あの女刑事にかかれば簡単に覆されてしまうかもしれない。……仮に万が一だが、これが予知であった場合だ。

なぜ、こんなに都合よく事件が起きたのだ？　という話である。

必ず本が出てから数日後に事件が起きる。餅つきでもやらせればさぞ立派な餅が出来そうな呼吸で起きてくれるわけだが、それはなぜか。受信している事件に関連性がないとするなら、私にとって都合のいい情報を受信していた、と考えれば辻褄《つじつま》は合う。つまり、私が本を書き上げる間隔に合わせて、近しいときに起きる事件の情報を受け取っていたわけだ。

才能がほしい。世間をあっと言わせたい。売れたい、ちやほやされたい。すべて私の偽らざる本音だ。その欲求が、こんな力を欲したというのか。

確かに一時かもしれないが、私の願いをすべて叶えたのは事実だ。問題は、栄華を越えた後に問題を山積みにしたことだ。特に、訪れた第四の『予知』の取り扱いに、私はずっと悩んでいる。

このままではいけない。では、どうすればいいのか。電撃を受ける以前にあった、堂々巡りの悩みに再び回帰する。このままなにも書かないでいれば、冬の間に新作を出すことは叶わなくなる。そうなると予知なんていうものは成立……いや、内容を発表していないのだから失敗ということすら誰も分からないのか。なにもしない、は今回選ぶ意味がない。

とはいえなにかする余裕が、テレビ放送を経た後にも残されているのだろうか。

「……しかし」

まさか生放送だとは考えていなかった。迂闊に発言できないではないか。

「どーも、センセー」

大人しく座っていると、急に声をかけられて、肩に手を置かれた。誰だ？　スタッフか？　と思ったがよく見ると知っている女だった。知っていると言ってもテレビで時々見かける、というぐらいだが。確か現代の巫女《みこ》だかジャーマンだかと名乗る胡散臭い女で、顔面を白塗りして神託がどうこうと寝言をほざいては世間に嘲笑されるのが仕事だ。濁してはいるが卑弥呼《ひみこ》あたりの子孫アピールの激しいやつで、名前は、ええと。

「なんだった……シャーク岸田《きしだ》だったか？」

「シャーマン田岡《たおか》です。横文字はともかく、名前の方は覚えてくださいよ」

「そうそう、田岡だった」

テレビ出演のときと異なり化粧前だからか、印象が随分と異なる。女は化粧で化けるというが、この女の場合は化けない方が世間に受けそうだ。なかなかに整った容姿をしている。

髪だって、緑色の混じった金髪のカツラで隠すよりも自然な栗色の方が似合っていた。

「先生が例の予言者ですよね？」

「予言者ではないが、結果としてそうなったのは私だ」

私の釈明のなにがおかしいのか、田岡が唇を緩める。しかしそれよりも、大きい目玉の方に注目がいく。目の大きい女だ。頭蓋骨に押し出されるように広々としている。

そうした少々特殊な顔つきこそが、奇行以外に注目される理由なのかもしれない。

昔の人間も、少し周囲から浮いていればそこに神秘性や害意を見出したのだから。

「いやぁしかし、まさか本当にそんな力を持っている人がいるとは思いませんでした」

ははは、と朗らかに岡田《おかだ》が笑う。ん、岡田……田岡？　ややこしい、岡田でいいか。

「アタシの商売あがったりですよ」

「得意のご神託で対抗しろよ」

「あるわけないじゃないですか、そんなもん。あったらこっそり使ってますって」

気安い調子に人の肩を叩いて、馬鹿笑いしてくる。随分と正直で屈託のない女だ。言い分も理解できる。開けっ広げにやった結果が私なのだから、こんなつるし上げは嫌なのだろう。

岡田の側にスタッフらしき人物が駆け寄ってきて耳打ちする。「ッス」と体育会系に短く応えた。横から聞いた内容からするに、早く準備を始めてくれということらしい。確かに、この女の化粧は時間がかかりそうだ。

「じゃー、収録のときは攻めていくんでお願いしマース」

終始和やかな雰囲気を保ちながら、岡田がスタッフと共に去っていった。攻めていくというのは、やつが超能力肯定派ということか。立場上、神通力は認める側にあるわけだな。

普段、テレビでやっているあのパフォーマンス込みで討論吹っかけてくるわけか。やめてくれよ、と今からげんなりしてしまう。耳栓の準備をしておいた方がよかったか。それから岡田と入れ違うように、白衣の男が楽屋に入ってきた。付き人のように後ろにつく男が教授と呼んでいるのが聞こえた。なるほど、見るからに教授だ。白衣を着て、少し天然なのかウェーブした髪を七三風に纏めている。眼鏡《めがね》までかけてなんとも教授であり、周りにも教授としか呼ばれていないので名前が分からない。第五の力でも力説してきそうな見た目をしているので、考古学の教授かなにかだろう。そこで思い出したが、白面の岡田と共演して、頭ごなしに否定している姿が目立つ男だ。

「やぁ、きみが噂の……ふむ。ふむ、ふむ」

挨拶も中途半端に私を覗き込んでくる。噂のなんだよ、と聞いてやりたい。

「教授、これは一体……」

私の困惑に教授が唇を吊り上げながら、勧誘を試みてくる。

「きみ、うちの大学に来ないかね？　きみの脳を調べたい連中がごまんといるのだが」

そう言われて私の中では、手足を拘束されて大の字になった自分を思い浮かべていた。

そうしてまた、私の脳に電気を流すのか？　……ははは。もう、勘弁してくれ。

「……きっと、私の脳は焼け焦げて、見られたものじゃないですよ」

謙遜ではなく、本音を吐露する。

それになにを感じたのか、教授はうっすらと微笑んで私の肩を何度か叩いた。

肩を叩くのが好きな連中だな。しかし私の態度はどういう基準になっているのか。

編集者や刑事には言葉遣いがそのままなのに、教授を相手にするとつい丁寧になってしまう。

相手が教授だからやむなしか。

「きみの小説を何冊か読ませてもらったよ」

「はぁ」

どうせ予知がどうのと言うのだろう。辟易する。

「きみは、文章が立体的に見えているのかもしれないな」

「は……ぁ？」

今まで頂戴《ちょうだい》したことのない評価だった。褒めているのかどうかも分からない。

教授はまたも私の肩を叩いた後に意気揚々と腕を振って去っていった。……分からん。目の付け方が少し変わっているとか、そういうことを言いたいのだろうか。それとも教授が単に通ぶって、面白いことを言ってみたかっただけか。……なんとなく後者な気もした。

教授が去って楽屋が再び静かになり、二人のもたらした風に当てられる。

岡田と教授のどちらも自信に満ちあふれていた。人当たりのよさはそこからくるものだろう。

自信というのは人の背筋や言葉に強固な芯を与えるものだ。そして彼らがそれを持ちうるのは成功しているからに他ならない。同時に成功するためにも自信が必要で、謎かけのようではあるが共通しているのは、結果が出なければその自信を保ち続けるのは難しいということ。

しかし私は皮肉なことに結果を出す度に、自信を失い続けているのだ。

「……性格だけでなく、環境までひねくれているとはな」

筋金入りだな、と自嘲する。くくく、と腹と肩を震わせて笑っているともう一つ震えるものがあった。なんだ、と服を探ると携帯電話に着信している。出演前には切っておいた方がいいかと思いつつも相手を確認すると、電波の送信者は麻理玲菜と出ている。珍しいな、と思うと同時に嫌な予感を覚える。

普段と異なることが起きるには、異なる原因が必要だからだ。

それでも無視はできず、電話に出ることにした。

「はい」

『よぅ作家先生。玲菜ダヨ』

ひょうきんで野太い声が出迎えてくれた。名前以外、麻理君とは似ても似つかない。

特に後半の声色は不愉快極まりない悪質さを備えている。

「誰だお前は」

声から察するものがあったが、敢えて問う。……本当に訪ねてくるとはな。

『と、と。確認しておくがあんた、作家先生だな』

「そうだ」

『名乗らなくとも俺が誰か分かるだろ？』

「人殺しだな」

パソコンを弄っていた編集者が驚いたように顔を上げてこちらを見る。おっと。

『ご明察。あんたの周りには警察がいっぱいでなぁ。直接接触したいところだったが
どうにも難しい。だからまだ監視の甘い方に目星をつけたってわけさ。用があるのは

この電話の方なんだがな、お陰でようやくあんたとお話できるよ』

耳にこびりつく不快な感覚。粘つく唾まで見透かせるような、人殺しの吐息。

これが、犯人。私の『模倣犯』か。

いずれ向こうから接触を図ってくるとは思っていたが、麻理君を介して、か。

彼女もまた、犯人の接近を待って居座っていた。……これで満足なのか？

「彼女は元気か？」

『……変な聞き方をするやつだな。普通、無事かって聞くだろ？』

殺人犯に普通だの常識だのを語られるとは思わなかった。

周りに人がいる中での電話はまずいかと楽屋を出る。廊下の突き当たり、トイレの前まで移動してから、人殺しの忠告に従ってみた。

「無事か？」

『今のところはネ。ここから先はあんたのお喋り次第だな』

私に聞きたいことがあるらしい。それは警察の警戒に怯えてなお、実行に踏み切らなければいけないことのようだ。聞きたいことはおおよそ察しがつく。これから厄介なやつと戦わなければいけないのに、前哨戦《ぜんしようせん》があるとは想像していなかった。

私の方も確認したいことがあるので、無下にできないが。

『なに黙ってんだい。俺とのお話の最中なんだ、警察への連絡はよしてくれよ。陳腐な脅し文句だが、お嬢さんの乳首を、』

「言っておくが、脅すことに意味はない」

『ぬなっ、』

「彼女に危害を一つでも加えればなにも話さない。助けるのも取りやめる。人質は取られた側に助ける気がなくなればなんの価値もなくなるというのを理解しておいた方がいい」

この誘拐犯は勘違いしているが、私はその子の保護者ではない。

私は、小説家だ。

『せめて最後まで言わせろよ。めちゃくちゃ格好悪いところで区切ったぞおい』

「言ってみろ」

『お嬢さんの乳首を切り落として送りつけるぞ……と。改めて言うと恥ずかしいな』

電話を切った。十秒後、再び電話が鳴る。私がかけ直さないので向こうから動いたのだろう。一応、相手を確かめてからまた電話に出た。

「はい」

『おいおい、あんた本気なんだな。普通、そっちから電話切るかよ』

「私には私の優先順位がある」

『気に入ったよ、その割り切り方。さすが、俺と同じように人を殺すお方だ』

「同じように……か」

本当に同じ殺し方をしているやつにそんなことを言われるとは、おかしなものだ。

『俺はあんたほど人を殺しちゃいないがね』

「私は人殺しじゃない……とでも言ってほしいのか？　生憎と私は遊びに付き合うほど暇じゃない。用件をさっさと言うことだな」

言うと、人殺しがおかしそうに笑った。異常者の感覚は理解しがたい。

『まるであんたが脅しているみたいだよ。まぁいいさ、聞きたいのは二つ。あんたがやっていることについてと、あんたが俺のことをどこまで知っているか……を、知っておきたくてね』

「それを話せば彼女を解放するとでも？」

『もちろん。用事が済み次第、お宅へ丁重に送り返しますよ』

「そんな保証がどこにある」

人を殺すよりは騙す方が遥かに容易いことだろう。第一、接触して間近で自分を捉えたであろう相手を野放しにするほど、人殺しは無用心でいられまい。私が犯人なら用済みになった段階で始末する。電話の向こうの人殺しも、同じ考えのはずだ。

『信用ないのねぇ、俺。でも信用してもらわないと始まらないな』

「では聞くが、彼女の家族を皆殺しにした理由はなんだ？」

小説に書いた以上知っているようなものだが、発言の信憑性を疑う意味で聞いてやる。

しかし電話の向こうの反応は冴えないものだった。

『そいつは濡《ぬ》れ衣だ。俺ぁそんな非道なことしてないぜ』

「……ふむ。しかし人殺しなんだな」

『それはあってる』

そうか。すぐに合点がいく。

「お前、『二人目』か」

『二人目……？　あぁ、先生の事件でいうね。その通り。おっと、説明していなかったかい？』

「布井孝彦を殺害した犯人か。動機はなんだ？」

『捕まってもいないのにそんなこと話せないねぇ。そもそも、あんた知っているんだろ？　本をさぁ、買って読んだけど驚いたよ。細かいとこは外れていたけど、俺の動機まで作品の中で言い当てているんだぜ。そのせいで酷いもんだよ、暮らしを全部捨てて逃げるしかなかった』

あぁ、警察がその線で捜査すれば犯人像が浮かび上がってきそうだからな。こいつの動機はなんだったか……金を貸しただの返さないだの、ごくありふれた些末《さまつ》な動機だったはずだ。

……そういえば。こうなるとやはり、一件目と二件目の犯人も別人のようだな。二件目の犯人では、出会えたところで麻理君も喜んでいないだろう。

そして二人目が、流れに乗って私に問う。恐らく最も確認したかったであろうことを。

『あんた、予知能力でもあるのか？』

思わず、どいつもこいつもと言いたくなった。

「私は占い師じゃない」

『おとぼけはなしさ。それぐらいできないと説明がつかない』

「だとしたら、どうする？」

『あんたが俺の姓名まで把握していたら大変困るし、それに次の事件を引き起こして、そいつまで小説にされたらたまったものじゃないという話だよ。そこんとこ、どうなわけ？』

テレビ出演の前に似たことを聞かれるとは思わなかった。

丁度いい、リハーサルになると。堂々と、答えてやる。

「犯人よ、お前が私の猿真似をしているのだ」

壁に向けて指差しながら指摘してやる。二人目は思わずといった空気を電話越しに感じさせながら黙った。図星を突かれたからであってほしい。

「これは予知などではない。模倣犯の犯行、つまり貴様が真似をだな、」

『……あんた、本気か？』

若干、呆れている気配を吐息に含ませているのが伝わる。

「模倣と予知なら、予知の方が非現実的と思わないか？」

『いやぁ、無理があるだろ……その主張、通ると思ってんの？』

「そのつもりだ。今から生放送でテレビ出演する、よかったら見てみろ」

『お？　おぉ、テレビか、映るんかなこれ……あ、いや。あぁ、まぁなんとか』

失言したことに気づいたのか二人目は言葉を濁す。

居場所はホテルか？　漫画喫茶の個室という線もあるが、麻理君の存在を考えるとホテルの方が自然か。とにかく自宅にいるわけではなさそうだな。

私の小屋にいることも一瞬考えたが、警察の目がある。長居はできまい。

「そういうわけだ。話があるならまた後にしてくれ。それまでは麻理君と一緒に大人しくしていることだな。その子の人質としての価値を保ちたいなら、なにもしないことだ」

『お、おいおい。だからさ、どっちが脅してるんだか、』

「今からテレビ出演があるので失礼する。切るぞ」

切った。私にしては宣言してから切った以上、これでも真摯な対応をしたと自負する。電源を切りながら、「ま、死なんだろう」と麻理君の安否を楽観的に捉える。根拠はある、いやない。

「話し声が聞こえると思ったら先生でしたか」

電話が終わった途端、偶然を装って声をかけてくる女がいた。電話を隠すようにしまいながら振り向いて、その薄布のようにひらひらと、つかみ所のない声色にしかめ面をする。

あの女刑事が、いつものように少し堅めのスーツを着て微笑んでいた。電話の内容まで聞かれていただろうか？　聞かれていると問題になりそうだが、こちらから話題に出すのもはばかられる。

この女がここにいる理由は分かっている。出演者一覧の中に名前があったからだ。

「なんであんたがテレビに出るんだ？　お前はコメンテーターか？　芸能人か、あ？」

極力、電話について触れられることを避けるためにこちらから食ってかかった。

「あれ、私そこそこ有名人なんですけど、知りませんでした？」

「知らん。警察のマスコットか、広報か、一日署長か」

そこらのアイドルみたいな面と髪型をして。なぜ頭にかんざしが刺さっているのだ。

「何年か前に凶悪犯を逮捕して、少々メディアへの露出がありまして」

「凶悪犯……？　そりゃあ見事なお手際だ。その割に、今回の一連の事件では私をあらぬ容疑で疑っているようにしか思えないがね。その見事な手腕を発揮するのはいつになるのやら」

「今からです」

にこりと、仮面のように揺るがない笑顔の持ち主である女刑事が宣言する。

こちらも表情こそは変えていないと思うが、頭の中では縦線がいくつも、ざぁっと引かれる。

「といっても私がなにかするまでもなく、先生は虫の息ですが」

不穏当だが同時に適切な表現で、私の状態を言い当ててくる。

作家としての生命は、まさに虫の息。蘇生ではなく延命、悪あがきだったのだろう。女刑事の横をすり抜ける。その途中、恐らくは本人なりの『忠告』をしてきた。

「先生、無理はしない方がいいですよ」

「…………………………」

「ご自分でも限界だと悟っているでしょう?」

ささやくような甘言に毅然と振り向き、私は、唾を飛ばすように言ってやる。

「そんなことは、私が決める」

私の味方など恐らくこの世界のどこにもいない。だからこその自由と、自立だ。

敗走がないとは言わん。しかし後退も選べない。それが私の置かれた状況なのだ。

前へ進む。足首や腿《もも》の裏側が硬直したように硬く、重く感じられても。

「……嫌みに聞こえるかもしれませんが、先生のワガママなところは嫌いではないですよ」

まるで自分を擁護し、褒めるような物言いに、きつく結んでいた口の端から笑い声が漏れる。

「私は苦手だ、これでも謙虚な人間なのでな」

聞こえたかは知らないが、あくまでも女刑事の向こうを張る。

『底』が見え始めても。

まだ意地を張れる自分のことは、それなりに好きだった。


勝負の鉄則は、落ちてるやつの逆を行く、だったか。

はてさて、自分が落ち目のときはどうすればいいのやら。上がり目まで堪え忍ぶか、それとも自分を捨ててでも勝ちに走るべきか。そうして勝ったさきに、なにが残るのだろう。

「……明るすぎる」

スタジオの過剰な明るさに小声で毒づく。目を瞑っていないとすぐにでも頭痛に悩まされそうだ。室内の中央にいることも落ち着かない。私は薄暗い場所の隅に座り込んでいないと気が静まらないのだ。強烈なライトに当てられていると叫んで走り出したくなる。

パネルの裏側に隠れても大して陰にならない。私は基本、パネルの裏側に隠れて発言する、音声出演の形を採用してもらった。これは出演を承諾する時点でこちらから提案していたことだ。

顔で飯を食っている人間でもないのに、一々晒す理由がない。他の連中がおかしいのだ。

用意されたVTRだの資料だのを受けて、私を寄ってたかって攻め立てようという愉快な番組がまもなく始まるらしい。打ち合わせはあったが、基本は好き勝手喋ってくれたらいいとのことだ。その中で、私になにができるだろう。そもそもこんなことをしている場合だろうか。麻理君のことについても、なにをしたものかという余計な問題を抱えてしまい、平静ではとてもいられない。焦るわけではないが、私に色々と集めすぎではないかと叫び出したくなる。こんなので考えが纏まるものか。行動の優先順位がまったく定まらない。

集って時間を待つ四人の中で、私だけが難しい顔になっている。同席する岡田と教授の二人は先程まで、楽屋の方で仲良く談笑していた。聞くと、岡田は教授の大学での教え子らしい。テレビの内容は所詮茶番というわけだ。これからの争いも含めて。

茶番でなく私を追い詰めようとしているのは、一人だけだ。

司会こそ二人いるが、討論するのは私を含めた四人らしい。当然のように、私の正面に陣取るのがあの女刑事。その隣に岡田。こちらは私と教授、という組み合わせだが教授がこちらの味方であるとは限らない。そもそも教授に味方してもらって第五の力を力説されても困る。

「先生、緊張していますか？」

斜めに位置する岡田が私を心配してくる。優しい声をかけてくれるのは嬉しいが、化粧前と口調が変わらないせいで違和感が酷い。今日は気合いを入れているのか、白塗りの上に黒い線が走っている。頬を縦に割るようなそれは涙を模しているのだろう。率直に言うと怖い。口を開くと舌が頬と比較して艶やかに赤く見えることまで化粧の一部に見えてきた。

「メディア慣れしていないんだ」

殺人兼誘拐の件で少々思い悩んでいる、とも言えない。「初々しいですね」と屈託のない……笑顔になると目の周りの黒色が寄ってパンダみたいだな。面食らっていると、「胃薬いります？」と女刑事が粉薬を差し出してきた。一番の薬はお前が目の前から消えることだ。

「一番の薬はあんたが目の前から消えてくれることだよ」

つい口に出してしまっていた。しかしお前があんたになっているあたり、多少の気遣いは無意識ながらしている。女刑事は「でしょうね」と同意しながら薬を押しつけてきた。

「上社君と面識があるのかい？」

教授がやり取りを聞いて尋ねてくる。まさか仲がよいとでも勘違いしていないだろうな。

「まぁ、少し」

「事件について、先生から何度かお話を伺いました」

女刑事が口を挟んでくる。私を苛《いじ》めた、という事実は隠蔽してしまうようだ。

「あ、やっぱりそうなんですね。先生、犯人と繋がりある説はどうなんですか？」

岡田が刑事の前で物騒なことを聞いてくれる。はいありますと言おうものなら生放送の主旨がまったくの別物に変わるだろう。その女刑事は、そうした説にまるで興味を示す様子もない。

三人目が逮捕された段階で、そんな疑いは破棄済みというわけだ。

岡田の質問をはぐらかしたまま、女刑事と睨み合う。刑事の目は糸のように細く、眼光すら窺わせないが、瞼の奥に渦巻くものはそんな薄皮一枚程度では隠せない。一方、こちらは睨み続けるような集中力も今はなく、原稿のことを考え、麻理君のことを考えて、最後は以前に読んだ小説のことを思い出していた。

「『模倣犯』がテレビ出演か……」

思わず笑ってしまう。私は賢くもなく、望んでこの光の下へやってきたわけではないが。

はてさて、どうなるものか。

茶番の上映が始まる。


私の第一声は「よろしく」だった。誰に向かってよろしくしているか知らないが、見世物小屋の中で注目を集めている気分だった。カメラはこんな短いだけの挨拶には過剰なほどの長い時間、焦点を向けてきた。そこにはパネルと、奥にぼんやりと透ける私の輪郭しか映っていないのだから、映したところでお茶の間に面白みが届くとは思えない。しかし映す。

私が一番注目されているのは、露出の少なさから言っても当然か。呪い師、予言者。小説家という本文を周囲が見失い、私に無責任な期待を寄せてくる。麻理君が時々教えてくれたので意識はしていたが、実際に公に出てみるとスタジオの観客だけでなく、カメラ越しにも、重圧めいたものを感じた。

挨拶が済むと司会者が私の経歴を紹介し始める。ご丁寧に、投稿した作品が受賞を逃したものの小説家としてデビューした……とそこまで詳細に語り出して、そこは省けよと口を挟みたくなった。この番組を見ている連中はどうせ私の来歴などではなく事件との関連にしか興味がないのだから、そこから話し始めればいいではないか。私はここに芸人として面接を受けに来たわけではない。

「アニメ化、実写映画化されるなど作品が高く評価されて」「先生、あなたの予知は神からどういった形で授かっていますか？　授かるものの形態について伺いたいと思っていたのです」

岡田が早速前のめり気味に問い詰めてくる。司会者が話している最中というのに、そういう芸風らしい。そして神から授かることが前提なのか。この力を授けたのは火星人だぞ。いっそ、宇宙人のメッセージを受信しているとでもうそぶいてしまいたくなるが、話がややこしくなるばかりでなんの進展も「文章ですか？　それは何語ですか？　屍人《しびと》文字より難解ですか？　私たちが用いる祖ヘリオリン語に通ずるものは感じられるでしょうか？」

「は？」思わず素で呆気にとられて反応して「それとも幾何学的イメージに想起されるものを取り捨て選択することにより、より正確な神託を見極めているのでしょうか。私はどちらかといえばそちらに該当するのですが先生が文字という媒体を魔術のように操ることから察するにそうしたアプローチを試みているのではないかという結論に達しました」

　どういう結論だ。攻めすぎ、というより盛り込みすぎだこの女。息つく暇もないとは言うが、「まるで現実のような題材を扱って実写を取り込んで音質に臨場感を与えて時間進行が外部と連動していたとき、ゲームは現実との間にある垣根を越えることができるでしょうか。私たちが神に至るというのはすなわち次元を超越することに他ならなく、なく、」本当になさすぎる。そして自分まで酸欠気味になっているのはどうなん「この空洞と空白と空虚に五感の一つを浸透させた瞬間こそ、『神』が無防備な超然と共に世界を見下ろす瞬間であると、ると」

　誰か黙らせろ。できるならパネルの裏から飛び出して唇を摘まんでやりたかった。が、そんなことするまでもなく下唇が震えている。尚も喋り続けようとしているが声が出ず、ばっさばっさと、カツラの長髪を翻すばかりだ。それによってより恐怖が増していた。一人だけホラー映画の登場人物になっている。よくよく見ると鳥が暴れているようでなかなか面白いが。感極まったのか、「この密閉された部屋、そうだあの神からの授かり物にはまだ救いが残っているかもしれない、しれないいない、なひ、ひ、ひぃびゃびゃ」おいおい、狂乱してどっか走り去っていったぞ。しかも特に誰も動じていないじゃないか。教授が「アーアレどうかしていますね、完全にね」と辛辣かつ軽快に評する。そして立ち上がり、スタッフと共に岡田を追いかけていってしまう。こんな自由な場面を放送していいのか。

舞台に残されたのは私と女刑事だけとなる。嵐が過ぎ去った後に一点、静かなる一騎打ちが始まろうという雰囲気だ。或いは最初からこういう台本だったのかもしれない。

最初の自己紹介ではこの女刑事の経歴に、確かに凶悪犯逮捕という部分が強調されていた。ついでに私よりずっと年上だったということも知り、そちらには素直に驚かされた。

司会者が咳払いをした後、私の紹介を再開する。終わるまでは黙っていようと大人しく聞いていたが、「近年は玄人好みの作風で堅実な人気を……」という司会の紹介が気に入らず、つい訂正を求めてしまう。

「待てそこには反論したい。私だって売れる話を考えて書いているんだ」

最初は必ずそこから始める。今度こそ売れ線を狙おうと徹底することを誓う。しかし書き進めるにつれて段々と軌道がずれていってしまうのだ。自分の中にある子供の感性から生まれた冒険活劇を、外に出る前に大人があれこれと世話を焼いてしまう。

結果として、中途半端に現実を意識した作品のできあがりというわけだ。どっちつかずで、中途半端で。

子供の感性に触れられなくなったときに、私は別の場所で活動することを決意するべきだった。その引き際を見誤ったから、半死半生で読者の間をさまようことになってしまった。

……なんてことを後悔している途中で、司会者の愛想を含めた半笑いが目に映る。

「あぁ悪かった、生放送だったな。続けてくれ」

司会者に続けるよう促す。なぜか遠くから笑い声を頂戴したが、なにがおかしいというのか。

その後の説明こそが本番らしく、司会者の言葉にもメリハリが利いてくるようになる。第一の事件の詳細を巨大なスクリーンに表示しながら解説する。

「一家惨殺、なんとも痛ましい事件です。しかしこの事件が犯人逮捕という解決を見ないまま更なる混迷に包まれたのはその数日後でした。ネットを中心に話題騒然となった、ある小説との類似点。それは偶然では片づけられないほどの衝撃を我々にもたらしたのです……」

生き残った麻理君の名前は伏せられていた。いずれ第四の事件が起きたとき、その実名がメディアの中でも取り上げられることになるのだろうか。

司会者は二件目、三件目の事件についてもおさらいして、「ことごとく、ことごとくです！」と事件と私の小説の相似を強調する。感心したのは二件目を取り上げる際、小説と現実での相違点を纏めていたことだった。それがなにを意味するのか、と煽りながらも言及は避けて次の話題に移る。司会者の矛先は視聴者から私たちに向く。すなわち、この事件をどう捉えているかという見解を求めてきた。現場から外れながらも当事者である私に、真っ先にそれが来る。

これまで一貫して主張してきたにもかかわらず、そこで躊躇が生まれる。

なぜなら私のこの意見に賛同を示す人間などいないと、既に分かっているからだ。寄りかかれるものが何一つないと事前に知りながら尚、その道を一人歩かなければいけない。

……今更か、と腹をくくる。

編集者が杜撰《ずさん》な仕事を始めてから、私はずっと一人だった。

暗闇の中では、側に誰がいようと関係ない。その延長と思えば、なんてことなかった。

「犯人が模倣した、以外にあるとでも？」

私の立場を分かりやすく示す。司会者が「うん、ええ、はい」と有耶無耶《うやむや》にしながら、女刑事の方へ意見を求める。女刑事は絶対に予知だと主張するだろうと、それこそ予言する。

しかしその口から放たれるものは少々、飛躍していた。

「先生、あなたは卑劣です」

開口一番、人を卑劣者呼ばわりとは随分と飛ばしている。

スタジオがわざとらしくどよめくように、空気を揺らす。司会者も面食らっていた。

「あなたは予知能力を持っています。そしてその予知を自分のためだけに使い、黙っていた。話して頂ければ救えた命があるかもしれないのに」

予知能力の検証やら、仮説やらをすっ飛ばしていきなりその話題を持ち出してくる。確かに私たちの間では周知の話であり、同じことを繰り返すのも味気ない。テレビという舞台を無視して、今までに会話したことの延長で来るか。いいだろう、反論してやる。

「では聞くが、仮に私が事件を予知して、それを警察に教えたところで動いてくれたか？　誰が信用する？　私の発言など妄想と捉えられて終わりだろう、違うか」

言葉が荒くなるのを抑えきれない。ふと気を抜くと、これが生放送で多くの目に晒されていることを忘れてしまいそうになる。女刑事が笑顔を潜めて、目もとに若干の愁いを帯びる。

「一件目ではそうなるでしょう。しかし二件目では」

「仕方ない？　最初の犠牲は仕方ないとでも言うつもりか？　お前はなにを言っているんだ、それで二件目の事件が防げたとして、最初の事件の被害者が喜ぶものか。二件目から防げればいいや、などという誠意のない姿勢は、それこそ被害者に対して卑劣ではないか」

なにより私の自尊心というものはどうなる。才能の否定なんてそうそうできるものか。

そこ一番大事。実のところ他はどうでもいいのだが、この女に反論するためには建前でも正論を吐くしかなかった。女刑事もそれは分かっているのだろう、挑発的に口端を吊り上げる。

「先生にそんな正義感があると思いませんでした」

「正義からの反論じゃない。あんたの物言いが気に入らないだけだ」

突き詰めればそれこそが私の正義と言えなくもないが。

「ですが先生、これまでの言い方だと予知能力を認めているように聞こえますが……」

「おっとそうですね。ここでご説明しますと、視聴者の皆様からすると右下、左下にメーターが表示されていますでしょうか。いますね。これはスタジオの皆様のお手元にあるボタンの統計を示しています。予知能力が存在するか、否かという統計なのですが……」

強引に割り込みながらそこまで話して、司会者が私に向く。

「現在は90％近くが予知能力であると判断しています。先生、これについては」

嫌なところで話を振ってくるな。……100％ではないことだけで驚いているのに。

「正気か、と聞かざるを得ない。予知だぞ？　冷静に考えて、普通ないぞ」

「しかし他に説明がつきますでしょうか？」

女刑事が私に問う。どんな説明をしても納得しそうにない態度だ。

「模倣」

「はしていないと犯人が証言しています」

「捕まった人間の言い分だろう？」

「そんな嘘をつく理由がどこにあるのでしょう？　まさか先生を庇っているとでも？」

女刑事の一言が会場をざわつかせる。私への不信を煽るために、調べがついているであろうことでも平気で口にしてくる。犯人と私が無関係というのは、警察が一番知っていることだ。

それなのに、とやり口の汚さに歯軋りする。女刑事は涼やかな目もとを崩さない。

「あんたはまるで、私を犯人のように糾弾してくれるが、この事件では私も被害者であると思わないのか？　私が精魂込めて書いた小説が、本来とかけ離れた話題に晒される……こうしてここにやってきたこともその一つだ、いい迷惑だと感じないのか」

同情を引こうとする、犯人の弁明行為のようだ、と話ながら悪手であると感じていた。

私がここでするべきことは、こんな反論じゃない。それは分かるが、ではなにをする？

私がここへわざわざやってきた目的は、なんだ？

注目されているその視線の中に二人目と、麻理君の視線もあるのだろうか。

「本はたくさん売れましたし、注目の的でもあります。先生はそれを求めていたのでは？」

私を俗物に仕立て上げて周囲の反感を煽らせるべく、女刑事が言う。

この段階で、観客による予知の否定は何％残っているのだろう。

「こんな注目で、実力の外で売れたところで嬉しいはずがないだろう」

「先生は被害者ではありません」

人の話を聞いていないのか、一つ前の言葉に対して反論してくる。

女刑事が酷薄に、口と目を三日月型に吊り上げて。

「あなたは犯人です。殺人犯ではありませんが」

まるで探偵のように、私を言葉で貫く。

そこで女刑事がなにを語ろうとするのか、すぐに察した。私自身の罪の意識のせいだろうか。

周囲の関心を一気に集めきった女刑事が、悠々と、私にトドメを刺そうと動く。

「先程の説明にありましたが、一件目と異なり、二件目の事件では小説との微妙な齟《そ》齬《ご》があります。それは先生が編集者との打ち合わせを経て描写を変更したからですね？」

女刑事がモニターに目を向けると、司会者が察して指示を出し、先程上映していた事件の相違点をもう一度画面に出す。見ているだけで言葉を失いそうになるが、なにか言わなければ、と気が焦り、目の端がちらつく。

「……なんの、」

なんのことだ、ととぼけかけたが、それは危ういと途中で遮る。

この女は憶測だけで物事を言う性格には、と危機感を目玉の表面に募らせていると。

「変更する前の原稿を編集者さんからお預かりしています」

「な、」

あの編集者、私に黙って警察に協力するとは。しかも、初期の原稿、だと。

女刑事がテーブルの下から、隠していた原稿の束を取り出す。それを見せつけるように高々と持ち上げて、カメラの先端を引き寄せた。コピーされた紙の束の向こうで、光が揺らめく。

あれがこの女の求めた、二割の証拠か。

「この初稿には二件目の事件通りの描写が描かれています。該当ページは、ここです」

女刑事が見せびらかす原稿に、カメラが寄っていく。寄るな、とカメラを叩き落としたくなるが、腰に入った力と裏腹に足は動かない。足は理性が鎖となっていた。

画面に印刷された原稿が大きく映る。言い逃れできないほどに、二件目の事件通りの内容がそこには記されていた。後から作ったねつ造だ、と騒いでもムダだろう。あの編集者を呼んで証言させかねない。なにより、私の文章は私しか書けない癖のあるものだ。

他の誰が私を真似して再現できるというのだろう。

原稿を閉じてから、女刑事が冷ややかな調子で私を責める。

「先生は最初、予知しているなどと自覚していなかったのかもしれません。しかし二件目のこの差に気づき、なにが起きているかは察したはずです。それなのになぜ黙って小説を書き続けたのですか？」

質問調子でありながら、答えを既に舌の裏側にでも仕込んであるようだった。

私が喉を引きつらせて、なにも言えないでいる間に。

言うな、と念じて。死ね、と強く念じるも、どこにも届かず。

女刑事は、私ほどの重さを感じさせない、軽い言葉で。

私の罪状を、口にした。

「『模倣犯』は犯人ではなく先生、あなたです」

額に大きな、赤い点が生まれるようだった。

その小さな傷から、じわり、じわりと赤い液体が花開くように。

「……ぁ……ぁ……っ、っ、っ。ぅぅぅ、ぅ」

もう少し距離が近ければ、殴り倒していただろう。目の前が、真っ赤に滲む。

涙ではなく血が目玉からこぼれ落ちているようだった。パネルに隠れながらも、頭を抱えて懊悩《おうのう》する私の影が誰の目にも明らかなはずだ。見開いた目が上下しているのか、正面の景色が接近しては離れて、と移動を繰り返す。その動きに合わせて心臓が鳴動していた。

とうとう、遂に。他人からも指摘されてしまった。

私が侵した、私の罪を。見ないフリをし続けた事実が、限界を超えて私の心の底を砕く。溜め込みすぎて決壊した噴水が私の中で噴き荒れている。触れた頬の骨が溶けて、全身の骨もなくなって、私はひるこのようにぐずぐずと潰れていってしまいそうだった。

視線が怖い。私の言葉を待つ雰囲気に四肢を食われそうだ。消えたい、消えてなくなりたい。顔を覆い、しかしいくら祈っても重力の下で私はこうして在り続ける。私はここにある。

その私に残されたものは、なんだ。

真っ赤な顔をして怒り狂い、反論して最後を飾ればいいのか？

……違う。こうなることは分かっていたはずだ。世論を味方につけることはできないと。

それを踏まえた上でやってきて。追い詰められて、後は覚悟を決めるしかない。

「…………………………………………」

頭は冷えていない、煮立っている。しかし、その熱が怒りから別のものへと変質していく。

脳を熱で溶かしていくそれが、その溶けた脳と混ざり合うことで未知の成分へと変わる。棘のように尖り、奥底へと突き刺さり。しかし痛みと同時に、奥歯に吹き抜ける秋風のように涼やかなものを、脳の奥へともたらしてきた。熱く、同時に、快い。

私がここで、今なにをするべきか。

答えは最初から分かりきっていた。

落ち目のやつの逆を行けばいい。

そうつまり、今の私を捨ててしまえばいいのだ。

目を瞑ると、望遠鏡で覗いていた星が見える。名も知らぬ星に思いを馳《は》せていると、困惑し、翻弄されて。久しく失われていた、奥底からの奔流が兆しを見せる。それは閉じ込めていた恐怖の向こうにある、本当の未知。私に残された最後の可能性を示すもの。

私というエウロパの底から、そいつがやってくる。

……いいだろう。

認めてやろう。

私は、

「私は、」

私は。

「先生？」

声をかけてきた女刑事に、粘っこく、笑ってやる。きっと今、私の口もとは引き裂けるように張り詰めて、びちびちと、皮がちぎれ続けていることだろう。

目の中に無垢《むく》で、焼け焦げるような光が集っていくのを自覚していた。

「皆様の希望にお応えして」

立ち上がる。

「予知能力、というものをこの場で一つ披露してやろう」

用意されたパネルを蹴り飛ばすように除けて、顔を、晒す。

一瞬、スタジオ内が静まる。しかし直後、虫が蜜にたかるように私へ一斉に、注目が押し寄せてくる。カメラも視線も、ありとあらゆる目が私を捉えて離さない。頭が真っ白になりそうだ。

緊張や羞恥と共に、解放感もあった。悩みさえその洪水に呑まれていくからだ。

頭開けっ広げになりながら、私は、自分の知る限りのことを予言する。

「次に死ぬのは、麻理玲菜。そういう名前の女の子だ」

名前まで明かす。そうでなければ予知の意味がない。

しかしこれは敗北宣言なのか？　否、違う。これは、私の乾坤一擲《けんこんいってき》の妙手となるのだ。

ここだ、と私は今まで溜め込んできた鬱憤を晴らすかのごとく、声を張り上げた。

「いいか、この冬にその女の子が必ず死ぬ！　みんな覚えておけ！」

これが、私にとって最善の手であり。テレビという媒体をもっとも有効に利用できる手だと確信していた。騒然として、雑踏めいたスタジオ内をぐるりと見回す。好き勝手喋った結果、言葉を失っている司会者に満足した後、女刑事を見下ろすように睨めつける。

女刑事の口と目がぽかりと開いている。さすがにこの行動は予想できなかったようだ。

なんて、気分爽快なのか。

『予知』できない者には、相応の限界があるということだよ。

これでいい。後は行動あるのみだ。

こんなところに留まってはいられないと、先程の岡田のようにスタジオの外を目指して走る。「あ！」だの甲高い声の悲鳴だの様々な反応が背後で渦を巻くが、間一髪、それに呑まれる前に外へ逃げ出すことができた。そして私は振り返りもせず、テレビ局の外を目指す。

走っていると途中、通路で朗らかに話し込んでいる岡田と教授がいた。「まじだりーっす」的な内容が岡田の口から聞こえる。走ってくる私を見て二人はギョッとしたが立ち止まらず、「お先！」と挨拶して走り抜けた。それから、あんなやつらもいたなぁとやっと思い出した。

テレビ局を飛び出してから電話の電源を入れる。すぐに麻理君の番号へと電波を発信する。

夜を肩で切るように歩き、次第に加速した足は最後、走り出していた。

口を開くと、歯の隙間からも冬の風が入り込んでくるようだ。テレビ局の過剰な明かりと暖房を重苦しく感じていた肌や気分は、その清新な空気を貪欲に取り込み、歓喜する。

吐く息がテレビ局からの明かりによって白く染まっているのも、ごく僅かだった。

『お、先生。まさかそっちからかけてくるとは』

「テレビは見たか！」

駆けながら声を出すとつい、大声になってしまう。すれ違うカップルが振り向いたが、知ったことではなかった。

『見たけどよぉ、あんたどこ行ったんだ？　一向に戻ってこないけど』

「色々と、あって、な！」

『え？　あんた外走ってんの？　周りもなんかうるさいけどさ』

「麻理君について言うべきことがあってな、電話した！」

『あ、あぁ。なんだよ。というかこいつ死ぬって、まさか俺が』

「狭いところに閉じ込めてやるなよ！」

すぐに迎えに行く、と言いかけたが察して逃げられるのも嫌なのですぐに電話を切った。

再び電源まで落とした後、真っ黒な画面に向けて言い放つ。

「お前は、すぐに殺しはしないさ」

麻理君が生き残ることは分かっていた。

なぜなら、私の見た最後とは情景描写がまったく異なるからだ。

あの描写は、ホテルではなく。明らかに私の暮らす小屋だ。つまり麻理君が死ぬ場所は。

「……っふ、ふ、ふふは、は」

こんなものが麻理君の死なない根拠だとは。

それを認めた上で強気に出るとは。

「は、ははは、ひ、ひぃいい、ひぃいいいいい、ひは、はは……」

笑っているのが段々と悲鳴のようになり、肺が空っぽになるまでそれが続いた。

何度も噎せた後、独りでに流れる涙の熱さに目がふやけるようだった。

認めたなら、相応の態度と、戦い方がある。

私は予知能力者だ。

そして同時に小説家でもある。

全国ネットで流した予知を、自分の手でなかったことにしてみせる。

そうすりゃあ、私の予知能力はまったくの嘘っぱちだ。残るのは小説家の自分だけ。

完璧だ、美しい。

だから、そのために。

「どんな手を使っても、きみを守ろう」

走り抜けて、白い息が竜のように後方へ、薄く流れていく。

ここにいない麻理玲菜への、一方的な約束と共に。

それは鏡に映る自分への決意のようだった。

五章『お尋ね者の戦い』

新幹線とタクシーに飛び乗って水車小屋へと帰ってくると、待ち人が駐車場に陣取っていた。私を見るやいなや、見慣れない自動車の運転席から男が飛び出してくる。暗がりで最初分からなかったが、あの女刑事と一緒にやってきた男だと、間近に来たことで気づいた。

「なにか用か？」

まるで犯人を逃さないとばかりに、私の前に立ちふさがってくれる。男は「ッス」と短い挨拶と共に頭を下げた後、女刑事の言いつけで私を確保するためにやってきたのだと説明してきた。番組があの後どうなっているかなど知ったことではないが、あの女刑事め、まだ邪魔してくれるか。こいつをどうにか追い返さなければいけないが、どうしたものか。

「仕事の邪魔だ、帰れ」

まずは正面から追い払おうとしてみる。しかし刑事は動こうとしない。まぁ、当たり前だな。

「他人様の駐車場に許可なく車を停めることが許されるのか？　警察だからといってそんな横暴が見逃されると思うなよ。私は凶悪犯でもなんでもないんだぞ」

一市民として糾弾してみる。これには刑事も応じて、余所に車を停め直してくると譲歩してきた。停めたら戻ってくるのか。車なんかよりお前の方がよっぽど邪魔なんだがな。

「そうしてくれ」

刑事が渋々といった調子で車に乗り込む。寒いので移動が嫌だとか、そういう不満が見え隠れしていた。どうせ車内では私への悪口でもぼやいていることだろう。悪口というものは本人の前で言ってやらねばなにも面白くないと思うのだがな。

……さて、急いで荷物を纏めて逃げ出さないといけないな。こんなのに構っていられるか。

車が離れていくのを見届けた後、小屋に入り、鞄を用意する。とはいえ遠くに行く気はない。行った、と見せかけるためにノートパソコンやら着替えやら、不要なものも交えて鞄に詰め込む。自作の小説も何冊か入れて、書き置きも用意した。

『所用につき外出中』と。よし。

麻理君がいると外出して帰ってきても小屋の中を暖めているので一息つけるのだが、

今は以前の一人きりのように、帰っても小屋の中は暗く、寒々しい。電灯は点けたが、部屋が暖まるには長い時間が必要だった。誰だ、こんな空気をありがたがって思いっきり吸っていたのは。

両足をばたつかせながら、歯を鳴らして少し考え込む。

まず麻理君を二人目から救出する必要があった。まずもなにもそれがすべての可能性も大いにありうるが、勘違いしてはいけない。別にあの子を助けるのが目的ではない。あの子を取り巻くすべての可能性を遮断して生き残らせるのが大事なのだ。救い出した後は人目につかない場所に監禁でもしようかと考えている。冬が終わるまでの冬眠と思えばいい。

「問題は……どうやって救うか、だ」

腕を組んで問答する。相手の居場所が分からないのでは救いようがない。警察に連絡するのも手だが……それはダメだな。あの女刑事に知られれば、私の意図を見抜かれるだろう。あくまでもつつがなく麻理君が救われていないといけないのだ。

そうなると自力に頼るしかないが……私の力は極々狭い範囲の予知と、それによって手に入れたもの。すなわち金だ。この二つが私の味方といえる。金をばらまいて情報を集められれば、とも思うがそうしたツテがあるわけではないのがもどかしい。ではどう使ったものか……。

「先生！　話を聞いて飛んできましたよ！」

は？

いきなり扉を開け放ち、駆け込んでくる輩に面食らう。先程の刑事かと思ったらまったく別物だ。そいつは靴も脱ぐのももどかしいとばかりに勢いよく駆け寄り（その代わり、上がる途中で膝を打ちつけていた）土足で床を踏みしめる。そして、膝から下の服が破れるのではと思うような滑り込み具合で、正座しながら私の前に突撃してきた。どこかで見た覚えのある男だな、とそこで気づく。が、しかし。

「おい待て」

「先生！」

「待てと言っている。当たり前のように現れるお前はなんだ」

暑苦しく迫ってくる顔を蹴り飛ばしながら訝《いぶか》しむ。時代劇の丁稚《でっち》番《ばん》か助手の如き流れで他人様の家に飛び込んでくる貴様に面識などない。男は私の足の指が頬にめり込んで顔面が潰れているにも関わらず、尚詰め寄ってくる。元の爽やかで澄ました顔より味があるではないか。

「ほぉめぇおほぇ」

「落ち着け。落ち着くなら足から離れろ」

私からは引いてやらない。男はしばらく私の足の指を堪能してふがふが言っていたが、やがて多少は頭が冷えたらしく（そもそもなぜ焦っているのか分からんが）、身体を引く。

指の食い込んだ赤い跡を頰に残したまま、男が白い歯を見せて微笑む。

……ん？　落ち着いた男の顔をまじまじと観察する。男は黙って、涼しい顔のまま私の不躾な視線を受け入れている。……ふむ。あ。三週間ほど前、鰻屋で握手を求めてきた男だ。それを、後付けで思い出す。

そちらを覚えていたのではない。私は、その男の顔の特徴に見覚えがあった。

僅かに右曲がりの鼻、厚く濡れたように艶やかな唇。そして、ふわふわとしながら癖のある髪質。茶色の髪の毛。三週間前に出会ったときは夜ということもあり細部まで眺めることができなかったが、こうして間近で向き合うと、どういう覚えがあったかを思い出すことができた。

その特徴はすべて、私が最初に予知した事件の犯人と同一のものだったのだ。

「お前が『一人目』か」

過程を省いて推測をぶつけると、男はやや驚きを見せる。しかし、すぐに微笑んだ。

「はい。先生からすれば一件目、とも言えますね」

男は、殺人犯は爽やかにそれを認める。ほぅ、きみが犯人か。

「そうか」

「はい」

「えーと、警察関係者の携帯番号は、と」

「まぁまぁまぁまぁ」

男が私の肩を掴んで強引にむき直させる。ついでに私の右手首を捻って、携帯電話を床に落とさせた。鮮やかな手際で、そこに痛みがないことにぞっとする。手慣れているのだ。

「冗談だ。今は私も警察に会いたくない」

「そうだと思いました」

などと言いつつ、元の位置に戻る際に私の携帯電話を作業机の下へ蹴り飛ばしていった。

微塵も信頼関係がないことに安堵する。だって相手は人殺しだぞ。

「警察で思い出した。とにかくここから離れるぞ」

警察の関係者が来る、と説明すると一人目も腰を浮かした。二人して小屋の裏手から出る。

なぜお前も一緒なんだ。冷静になると一人目の行動の意味が理解できない。

勝手口から外へ出ると、塀が見える。その塀に沿って移動していくと途切れる部分があり、そこを抜けて裏側へと出ることができる。水車小屋の裏手に連なる三軒の建物はすべて、私の家だ。塀で囲われている部分の外にあるので、事情を知らない者には一見すると別の持ち主の家としか映らない。下手に遠くへ離れるよりは必要なものがある分、こちらの方がいいだろう。

移動の最中、最初に出会ったときのことについて言及する。

「あのときに会っていたとはな。麻理君が知ったら悔しがるだろう」

知れば鰻裂きを店から奪ってでもこの男を殺そうとしたはずだ。

麻理君の名前に食いつくように、男、一人目が馴れ馴れしく私の肩を叩く。

「そこなんですよ先生」

「どこのことだ」

「麻理玲菜ですよ。死ぬとはどういうことでしょう、あ、テレビ見ましたよ」

男が口の端を緩めて、そこで気づいたが一人目の口の端が微かに色づいている。鰻のタレらしい。常連なのだろうか、と同時に握手の際に擦りつけられたのを思い出した。

「どうもなにも、次回の犠牲者が彼女であるというだけだ」

それだけ答えて、裏の家に移動した。本当はお前が殺すんじゃないか？　と言ってやりたくてしょうがない。半ば冗談だが、こうして接触するということはあり得るなと考え直す。こいつも小屋の場所を知っていたわけだし。

普段使われていない裏の家は掃除も怠り、せっかく置かれている赤い座椅子が寂しそうだ。前の持ち主が置いていったものをそのまま放置してあるので、見知らぬ人物の写真が仏壇に飾られている。窓の外からは見えない位置まで引っ込んでから、一人目が私に尋ねた。

「さっきの発言。あれは先生の予知なんですか」

「そう」

「そいつは……困りましたね」

一人目が沈痛な面持ちとなり、目を黙禱《もくとう》のように瞑る。顎に手を当てながらその様子をしばらく眺めて、目の前の男になにを聞きたかったのかを思い出した。

「一ついいか？」

「はい」

「お前、何しに来たんだ？」

そもそもそれが分からん。わざわざ姿を人前にさらしてまで、なんの用なのか。

一人目は姿勢を正し、正座し直してから私の質問に答えた。

「彼女の死と聞いて、可及的速やかに参上した次第です」

「……お前が狙っているから慌てて来たってことか」

「あぁもうそういう興味はないんです。一ヶ月ぐらい経つと冷めちゃうんですよね」

ないわー、と一人目が鼻で笑う。仕草の一つ一つが爽やかな腐れ外道だな。

「信用に足ると思うか？　自分を省みてだぞ」

一人目が頰をかいて「そりゃまー」と同意しかける。しかしすぐに大きく腕を振り、自身の胸に手を添えた。まるで身の潔白を証明するために、訴えるように。

「警察の目を覚悟で先生との接触を図ったことは信頼の証しになりませんか？」

「向こう見ずというか、アホの証明にはなるが」

「でしょう？　先生ほどの聡明な方がそんなアホウに出し抜かれ、後れを取りましょうか」

まったく心にもなさそうな褒め言葉で持ち上げてくれる。道化のように大げさな身振り手振りを見ていると、どことなくあの女刑事と共通のものを見出す。つまり、腹が立つ。

「で。興味がないなら尚のこと、なにしに来た」

「死ぬ、というなら。そうですね、できるなら彼女を救いたいと考えています」

「ははははは」

殺し屋の身を張った冗談は思いの外、面白かった。不幸の根源にあるのは貴様だろうに。

「うっかりミスで家族を惨殺しておいて、本人は助けると？　凄いな、お前」

そんな道理が通ると本気で思っているのが、柔らかい表情から伝わってくるところが特に。

一人目は柔和な笑みを浮かべながら、手を右、左と振る。

「それはそれ、これはこれですよ」

「そうなのか？」

人殺しの区切りの付け方は大ざっぱに過ぎるな。しかしそうでもなければ人を殺せんのかも知れない。おぞましくて納得する気にはなれないが、そういうものかもと理解はする。

「あ、そういえば表にある望遠鏡凄いですね。後で使わせてくださいよ」

「お天道様《てんとうさま》に顔向けできない人殺しが覗いて、星が見えるものかよ」

どちらにしても、だ。

「麻理君がこの場にいなくてよかったな。お前が殺されるとは限らんが大騒ぎになっただろう」

むしろそれが分かっていてやってきた可能性もあるな。油断はできない。

「ところでその肝心の彼女はどこに？　先生と暮らしているのは調べ……知っていますが」

警察以外にもこんなのに調査されていたとは。二人目も踏まえて、よく無事だったものだ。

「さて……さて」

状況を明かしたものか、と一人目を値踏みするように睨む。この男は私に協力するためにやってきたという。麻理君が生き長らえることを願い、彼女への不愉快な欲望は萎えたという。

さて、どこからどこまでを信用したものか。今のところ、何一つ信じないというのが私の中で有力だ。人殺しだから、という点はさておいても状況からして信用など置けない。

二人目と共謀している可能性も、思いついたときは疑った。しかしそれはあまりなさそうである。二人目と共謀して行動しているなら、私を殺すなり捕らえるなりを既に行っているだろうからだ。私がもし共犯者なら、こんな隙だらけなやつはすぐに始末する。それをしないということは、個人で動いていると考えていいか。それが信用に繋がるわけではないが。

「むぅ……」

「うわぁ、ぜんっぜん信用してないでしょ。分かりやすい顔しないでくださいよ」

「あ、そうだ。ちょっと待て」

膝を突いて四つん這いで動き、鞄から著作を一冊引き抜く。いわゆる一件目を取り扱った小説を、掻い摘まんで読み直す。月光で本を読むとは風流だが、読みづらくてもどかしさが勝る。急に背中を丸めて読み耽りだした私を訝しむように「先生」と一人目が覗き込んでくるが、「待て、少し黙っていろ」地の文を目で追い続ける。

こいつの人となりを知るなら、本人の口から語らせるよりこちらの方が正直だ。

表が少し騒がしい。どうやらあの刑事が戻ってきて、逃げられた事実に気づいたようだ。

マヌケが。

……ほう、犯人についてちゃんと描写しているな。飽きっぽい性分であると。そうなのか、本当なのか。

「僕を勝手に主役に使って、出演料とか請求したいぐらいですよ」

黙っていろと言ったのに話しかけてくる。それはさておき、出演料と来たか。なかなか、面白いものを求めてくるやつだ。

「払ってもいいぞ」

「本当ですか？　冗談のつもりでしたが」

「使い切れないほどの金が転がり込んできたからな」

鞄の底に入っていた通帳を引っ張り出して、一人目に放る。なんの気なしに開いて残高を確認した一人目の目玉が飛び出た。器用にも、本当にぽろんと出ている。気持ち悪いな。

「あの本、どれだけ売れたんですか」

「私が最高傑作と自負する作品の七十倍ほどだ」

「界王拳《かいおうけん》も驚きですね……僕、小説家を目指そうかな」

「無理だと思うぞ。文才があるという設定はないからな」

「順番がおかしいんですが、それ……」

一人目が苦笑いをこぼしながら通帳を返してくる。金に目が眩んで犯行に及ぶ様子もない。麻理君の家へ入ったのは強盗ではなく、純粋にどす黒い欲望を満たすためだったのだろう。

そこまで一致すれば、小説で描写される人間像にも信憑性があるというものだ。

本を両手で挟むように閉じる。鞄に戻してから、一人目の方へ身体ごと向いた。

「いいだろう、お前と協力しよう」

その言葉を待っていたとばかりに、一人目が顔を決め直す。あらかじめ用意していたように頬や顎の角度が整い、前髪まで位置を変えていくようだった。そうした演技が上手いからこそ、人の中で人殺しとして生きていけるのかもしれない。

「信じてもらえて光栄です」

「いや。お前ではなく私の小説を信じることにしただけだ」

味方はいないと思っていたが、まさか私を味方するのが人殺しとはな。これも己の人徳が表れているのだろうか。しかし好都合かもしれない。相手も人殺しだからな。

協力する以上は、現状を把握してもらわねば困る。麻理君についても詳細を明かした。

「麻理君の所在だが現在、二人目に誘拐されている」

「なんと」

一人目が目を丸くする。驚いているように見えるが、本心からだろうか。……まぁいい。

「誘拐した目的は私の予知能力の確認だ。それについてはテレビを経由して答えてやったから、目的は果たしたと言えるな」

「それならば素直に麻理玲菜を解放するでしょうか？」

「そいつは……ないだろうな。引き続き人質として利用しながら、私を始末する算段でも練っていることだろう」

人質は無意味だと電話で教えたはずだが、あまり信用されていない気もする。

人殺しは人を疑う、と漫画に書いてあったからな。困ったものだ。

「先生を始末？」

「私が次の犯行を予知したら、と怯えているのさ。だから予知能力を持っていると知れば、放置して逃げることはない。必ず相手も動く。とはいえ、向こうもこちらがそう考えていることぐらいは分かっているだろうから、お互いに動きづらい状況だな」

「そういう考えもありますかぁ」と一人目が横を向きながら頷く。どちらの考えに対して同意を示したのか、はっきりさせようとすると厄介な気もするので流した。

「相手の居場所を予知できないんですか？」

「そんなに上手くいくものか。私が見えるのは一部分にすぎないよ」

謙遜とでも思ったのか、一人目が「へえー」と棒読みに反応する。

やはりこいつも人殺しだな、私の言い分をまったく信用しない。

「一部分の割に僕の境遇やら心情がほとんど表現されていてびっくりしましたけどね」

鞄の口からのぞく本を指差し、一人目が乾いた笑い声をあげる。ふむ。そこまで再現できていたのか。見えない部分ですらなにかに操られるように書き連ねた結果、現実に至ると。

「境遇も……か。それなら、こうだな」

言って、ノートパソコンを用意する。電源を入れて、起動を待つ。

「妙案でも？」

「ああ。小説を書く」

一人目は最初、惚けた顔でこちらを見つめていたが「なるほど、予知ですね」と明るく誤解してきた。ので、「違う」とちゃんと否定しておいた。

「違うって……」

「私の力は万能でもないし、範囲だって狭い。……しかし」

予知できていない部分ではあるが、指のおもむくままに物語という旗を振っていれば、迷子となっている現状がそれを目印に集合してくれるかもしれない。三作ほど、犯人像を形作ることができた前例もある。今回も信用していいはずだ。

予知よりも金よりも信じられるのはやはり、小説を書く力だ。

「私は天才だからな」

「説明になっていませんが……ここはお任せしておきますよ」

一人目が座布団を勝手に調達して、枕代わりに寝転ぶ。最初は扉を蹴破るように飛び込んできたのに、随分と暢気なものだな。本棚を勝手に漁って漫画まで読み始めた。

そうして私の視線を受けてか、一人目が寝転んだまま弁解してくる。

「嘘ではないですよ。ただ、救いたいとは思いますが、すべてを賭けてというほどでもないですね。死んでしまうならそれもまた運命でしょう」

「奇遇だな、私とスタンスが似ている」

今の私は、麻理君に死んでもらっては困るからそうも言っていられないが。

一人目が漫画を読み耽って静かになり、こちらも無言でキーボードを叩く。内容は、考えない。指にすべて任せて、それがなんと楽なことか。話の展開、伏線、言葉遣い。

一つ一つに頭を悩ませる必要がないために、指の動きが段違いに速い。そうして書いているとこれはノベライズの企画に似ているな、と感じる。与えられた大まかなプロットに肉付けして書くというものだが、あのときも50枚近くの原稿を三日で書き上げていた。まぁ選考で落とされてしまったのだが。その後、その企画は参加者の豪華さを歌いながらもそれに見合わぬ低空飛行の結果に落ち着き、私はこれから、こんな見る目のない無能な作り手たちでも評価できるような面白い話を書くようにしよう、と精進を誓ったものだ。……今となっては懐かしい話である。

あの頃から変わっていないのは、そうした反骨心や、復讐心ぐらいか。

指が動き続ける。もし本当に小説そっくりそのままの結果になるのなら、予知どころか私が未来を作っていることになってしまう。しかし今、書いているのは私ではない。私の身体を通して、なんらかの意志が文字という肌を得て、自らを形作ろうとしている。

その先に見える結末はなんなのか。私が見た予知、あれがあそこで終わるのだとしたら中途半端に感じる。あの後、恐らくは麻理君が刺殺されるのだろうが、その後、刺した犯人はどうなるのか。そもそも、誰が刺すのか。その答えを知っているのは、私の指先に宿るものだけだ。

「……カチャカチャカチャ、ッターンと」

「先生、こんなお話を知っていますか？」

「あん？」

一人目が話しかけてきた。執筆を続けながら反応する。

「ある日、少年がテレパシーに目覚めます。他人の心の声を聞けるようになった少年は、それに気づかないまま自分のアイデアだと思い、漫画を描くとそいつは少年の友人のアイデアを聞いていただけで、作品がかぶってしまうという……」

「知っているよ。藤子・F・不二雄だ。タイトルは失念してしまったが……」

振り向かないまま答える。言われて思い出したが、やったことは私に似ているな。

「先生の境遇に似ていますね。まぁ先生の方が数段、タチ悪いですけど」

「そうかもな」

一度認めれば、たくさんのものを受け入れられる。無理をせず、自分にできることをする。

勿論、それはまったくよいことではない。賢いが臆病である。自分にできることを一生懸命、というのは聞こえこそいいができないことに挑戦していくことを忘れては意味がない。

かつての私がそうだった。目標を見失ったものがどこへ行けるというのか。

「先生もあの少年みたいに丸く収まりますかね？」

「無理に決まっている。力の捨て方も分からん」

脳を外に放り出すわけにもいかないだろう。手を止めてしばし、目を瞑る。

たとえこの局面を乗りきって麻理君を救えたとしても、私は小説家でいられるだろうか。

「それでも、先生は小説家を？」

心中を覗き込んだように一人目が問う。まるで鏡のように、私の心を映す。

瞑ったままの瞼には、麻理君の死を描く予知が焼きついている。

それを、どけと、瞼を開くことで退ける。

その先にはパソコンと、画面に映る私の書いた小説があった。

まるで晴れた日、青空を見上げるように心が透く。

「……最近の成功はすべて、仮初めかもしれん。しかしな、そこまで生きてきたのは間違いなく私の力だ。私の才能が、小説家として生き長らえさせたのだ」

それだけは嘘じゃない。なにも騙していない。たった一つの誇りだ。

「だから私は、最後まで自分の力を信じてあがく。……天才とはそういうものだ」

インタビュアーでもない人殺しに信念を語るというのも、歪で滑稽なことだ。

そう思いつつもにやりと頬の歪みは止められず、一人目もまた、清々しい笑顔を浮かべる。

「今度、先生の別の著作も読ませてもらいますよ」

「そのときまでお前が捕まっていなければな」

そう言うとなんだか愉快そうに一人目が肩を揺するが、私は冗談のつもりで言っていない。

やれやれ、と肩を叩く。

お尋ね者との戦いなんて、一生、縁がないと思っていたのだが。


「しかし先生、本当に小説を信じて動くんですか」

「予知能力者の予言書だ、信じろ」

「はぁ……」

いざとなると、一人目も不安を隠せないようだった。それでいい、私たちに信頼関係など不要だ。この事件が終わったら……どうするんだ？　私は当然、後で通報するつもりだが一人目もそれぐらいは見越しているはず。殺されないためと捕まらないため、両方を実現させるにはどちらも相手を見なかったことにするのが一番平和なのかもしれない。

ある程度の肉付けを経て、浮かび上がった背景と一致したホテルを探して……と思ったより手間と時間をかけたが、私と一人目は二人目が潜伏しているであろうホテルに辿り着いていた。

場所は駅前。未だ工事中の看板を多く残す駅からは人工の光が各所から漏れだし、黄金の信長《のぶなが》像も行き交うタクシーでライトアップされていた。すぐ側には交番もあるというのに、すぐ向かいの角にあるホテルを選ぶとは大胆なものだ。灯台もと暗しの考えだろうか。

ホテルの入り口に陣取り、煉瓦《れんが》を模した色合いの古臭い建造物を見上げながら二人で白い息を吐く。ホテルの窓は数が少なく、開け放たれている部屋もあった。古いホテルであるし、階数も高くないためか窓が開くらしい。最近はそういうホテルも減ったので、珍しいものだ。

腹の中で氷が溶けていくような、芯から冷え込む寒い夜ではあるが慌ただしく走り回った肌にはそれもまた心地よい。私よりも一人目の方が息を整えるのはずっと早く、体力の差を痛感させられる。

あの後、少々困ったことが起きたので慌てて逃げ出してくることになった。

女刑事が私を追いかけてきたのだ。

『先生！』

小屋の入り口に鍵をつける必要があると気づいたのは、本日三人目の訪問者が了承なく飛び込んできたときだった。漫画を読みながら背中を掻いていた一人目も、必要な部分だけ書き上げて場所を推測しようと、原稿とネットの地図を交互に見比べていた私も飛び跳ねた。

男の刑事の方はとうに諦めてこの場を離れて、帰ってくる気配もなさそうだったので再び水車小屋に移動していた。私のノートパソコンはネットに繋げられないのだ。

なりふり構わず来たのか、整えていた髪が乱れて、服から金色の糸がほつれるように流れ落ちている。それを手で申し訳程度に押さえて、掻き上げてから女刑事が土足で上がってきた。

どいつもこいつも、欧米人みたいな真似をしてくれる。

それはいいとして、この女までここにやってくるとは。なんとか刑事を追い返したというのに、これはさすがの私にも予知できなかった。単に考えたくもなかったので、目を逸らしていたに過ぎないが。

『テレビはどうした』

『そっくりそのままあなたに言いたいです』

今までの涼しい印象をぶち壊すように息が荒い。噛んでいる唇の向こうでは、今にも牙でも生えそうだった。そしてその牙で私に噛みつきそうな勢いなのである。

形ばかりの礼儀として正座した女刑事がきょろきょろと小屋の中を見回す。

『麻理玲菜ちゃんはどこに？』

『今は買い物に行っているが。近所のオークワに』

聞かれると予想して事前に答えを反芻しておいたのが功を奏した。嘘をつきながら、極力画面を見ないように心がけてマウスを操作する。場所は大体絞り込めたので、地図を消して、書き上げた原稿も保存しますかという返事にノーと答える。残せるか、こんなもの。

『帰ってくるまで待たせてもらいます』

私の言い分をそのまま信用するとは、冷静さを欠いているな、と隙を見つける。そこを起点としてどうにか、逃げ出さないといけない。この女に協力してもらう？　冗談うな。

『そちらは？』

女刑事が一人目に目をやる。一人目が漫画を棚に片付けながら、『僕ですか？』と何食わぬ顔で振り向く。テレビを見ていたのならこの女が刑事と分かっているだろうに、さすが人殺し、度胸は満点だ。

だからこそお巡りさん、この人です！　人殺しです！　とか叫ぼうかと一瞬迷った。しかし今はそんなことをしている場合ではない。

『居酒屋と間違えて入ってきたアホだ。そこの道の看板を外していないのが悪いんだがな』

助け船を出す。女刑事がいつ、一人目の特徴に気づいてしまうかと内心、胃の縮む思いだ。戦々恐々としながらも女刑事が床に置いた、恐らくは自動車の鍵を一瞥する。逃げる際には、あいつをなんとかすれば……いいわけだな。首を回すように一人目に視線を送ると、目が合い、なんらかの意志交換はできたのか小さく頷く。本当に分かっているのか？

『それで、私のファンらしくてな。少し相手をしてやった』

『ファン、ですか』

『ええまぁ。だからさっきの放送には驚きましたよ……って、あなたもテレビに出ていませんでしたか？』

一人目が自然に驚く。『ええ』と、女刑事が小さく頷いた。

テレビの話題が出たついでか、女刑事が私に言う。

『とうとう認めましたね、予知能力』

『まぁな……あぁ、今更で悪いが、そこには座らない方がいいかもな』

さも意地悪を含んでいるように。真実みを持たせるよう意識して、忠告してやる。

女刑事がなぜ、と小首を傾げたのを見計らい、言ってやった。

『引くぐらい大きいクモが天井から下りてくるときがあるんだ』

そう話すとほぼ同時に、一人目が宙を見上げて『あ』とマヌケなほど大きく口を開く。女刑事がびくりと跳ねるように振り向いた直後、私たちは同時に動いた。中腰で駆けた一人目が自動車の鍵を蹴り飛ばし、居酒屋のカウンターの上へと滑らせた。私は放り出していた鞄を摑む。異変に気づいた女刑事が向き直った時点で、私と一人目が横をすり抜けて靴を口にくわえながら入り口へと走っていた。幸運だったのは女刑事が、半ば無意識に、既に側にはない鍵を指に引っかけようと手を動かしたことだ。

蹴られたものがなにかを理解する頃には、私たちはその鍵を持って小屋を飛び出していた。

小屋から出た直後、私の手に握っていた鍵を一人目が奪うように掴み取る。そして、

『そぉい！』

全力で、正面の畑に向けて車の鍵を放り投げた。放物線を見届けるまでもなく、闇の中へと鍵が消える。こいつはいいと、鍵を差しっぱなしの自転車に飛び乗る。一人目も自前の自転車があったらしくそれのペダルに足をかけて、全力で発進する。

鍵と同じように私たちもまた、闇に紛れて加速していく。

『おぉぉぉぉぉぉおおい！　ぐぉらぁぁぁぁぁぁ！』

巻き舌でとんでもない叫び声をあげる女刑事に、初めて勝ったと思えた。

後先など考えずに、勝利に歓喜して。

こいつはいい、こいつはいいと。二人して、全力でペダルを踏みしめた。

「あの刑事さん、美人でしたねぇ」

「知るか。それより、あの女が私たちを見つける前に事を済ませねば」

望まぬながら、私までお尋ね者となってしまった。お尋ね者との戦いのはずが、これではお尋ね者の戦いだ。そうなると一刻も早く麻理君を救出する必要があるが……しかし。

「なぁ」

「はい？」

「二人目が私を殺害するためにやってくるとして、そのときに麻理君を連れてくると思うか？」

同じく人殺しである男に意見を窺う。一人目は上半身をぶるりと寒気に震わせた後、

「難しい問題ですね。連れて歩くと目立ちますし、人を持ち運ぶのは重労働ですし普通なら置いていきたいところですが、自宅に監禁しているわけではないのなら悩ましい。ホテルは他の人間が部屋の鍵を開けることができますからね、置いておけば万が一もありうる」

「そうなんだよな……」

明るいばかりで警官の姿は表にない交番を横目で一瞥して、一人目が結論を出す。

「手早く始末できる自信があるなら、人質を厳重に拘束した後、置いていくでしょうね」

「手際か……ちょっと待てよ」

携帯してきた小説を取り出し、確認する。あぁ、鞄に放り込んだせいでページの端が曲がってしまっている。許せよ、と指で伸ばしてから犯行の部分だけを抜粋して目を通す。

「殺人はこれが初めての素人、と描写されているな」

「となるとそもそも、先生のもとに攻めてこないかもしれません」

一人目が自転車の鍵を回しながら、私を横目で見る。

「先生の予知をどう解釈するか……によるでしょう」

拡大解釈すれば、無理をしてでも私を殺害しようと試みる。過小に評価していれば(多分それでも大きすぎるが)もう少し慎重に行動してくると、そういうことか。

「しかしなぜそんなことを?」

「入れ違いになっていることも考えてな。なにも無理して二人目と遭遇しなくとも、麻理君だけ救出できれば……ということも期待はしている」

「それは無理でしょうね」

一人目が私の楽観的な希望を否定する。そうだろうな、と言った私でも思う。自分の都合よく、物事がいくと考えてはいけない。

「先生、二人目の犯人がいるとして。どう、始末をつけるつもりで？」

一人目が私のスタンスを問う。人殺しが始末という言葉を使うとどうにも、響きが悪い。

「殺すつもりはない。麻理君を確保したら、場合によっては見逃してもいいぐらいだ」

私は警察官ではないからな、犯人逮捕が第一ではない。麻理君が冬を越えるまで無事であれば、後は人殺しがなにをしていようと知ったことではないのだ。

「なるほど。逆に言えば殺しても仕方ないと」

「そういうことだ。とはいえ、私は殺さないぞ。締め切りが近いんでな」

まだまだ、捕まるわけにはいかないんだ。

一人目と共にホテルへと入る。ホテル自体は駅前の狭い立地にねじ込まれたようなもので、細く狭い。中に入ると申し訳程度に用意されたロビーがあり、フロントにも誰の姿もない。奥にエレベーターの乗り場があり、エスカレーターは用意されていない。

左側はコンビニと繋がっているらしく、ホテル全体の薄明かりと比べていやに目に障った。

フロントに人がいないのは好都合だった。奥の部屋に控える紳士然とした後ろ姿に感謝しながら、手早くエレベーターに乗り込む。この手のホテルは防犯のためにカードキーを差し込まないとエレベーターが動かないところもあるが、このホテルは古いためかそうした設備はないようだった。階数も五階までしかない。私は躊躇わず、二階を押した。

「二階なんですか？」

「ゴーストがささやいている」

「嘘をつけ、嘘を」

エレベーターがすぐに二階に到着した。降りて、廊下に並んだ壁を見渡す。

部屋番号までは……………分からん。勘で指定しようにも、ピンとこない。

勘でダメなら、知識と経験で……そういえば。

「電話……鳴らしてみるか」

麻理君の携帯電話の電源がまだ入っていれば、防音に気を利かせていそうもないこのホテルなら。そう思って鞄を漁るが、すぐに気づく。しまった、携帯電話は小屋の作業机の下に蹴り込まれたままだと。

「ロビーに電話があったな、あれを借りるしかないか」

「じゃあ僕、どこの部屋で鳴るか確認していますよ。電話番号知りませんし」

一人目が役割分担を提案する。そうするしかないな、と異論はない。しかしこの男から一時でも目を離して大丈夫だろうか。軽薄に裏切りそうな男だが、いや、今は任せるしかないか。

乗ったばかりのエレベーターでフロントへ戻り、電話を借りたいと奥に一声かけようとしたがやめて勝手に使わせてもらうことにする。見咎められたら後で謝ればいい。印象強かったために覚えていたのが幸いした。麻理君の携帯電話の番号を押す。知らない番号に二人目が出るだろうか。コール音自体はあるので、電源を切っている様子はない。

しばらく、そのまま鳴らし続けた。

と、相手が電話に出るより前に、エレベーターが下りてくる。下りてきたのは一人目だった。にこやかに手を振ってから私に近寄ってきた。「出ませんか？」と小声で聞いてくるので「ああ」と短く答える。出るはずがない。その電話は麻理君のものだからな。アドレス帳に登録されていないような親類縁者が電話をかけてきて、それに野太い男の声で応対したら問題になるだろう。とはいえ、私と連絡を取らなければいけない以上、電話の電源自体を切ることはできまい。

「部屋は特定できました」

「……そうか」

本当にここにいたのか。自分のことながら、気味が悪いものだな。予知というのは意識してやってのけると実に気持ちの悪いものだ。全能感もなく、薄気味悪さに頭を掻きむしりたくなる。あのヤブ医者が次の実験サンプルを確保しないよう、切に願う。

……おや？　電話が、繋がったぞ。

『…………………………………』

声は聞こえてこない。微かな息づかいは警戒するように固い。私の声を待っている、というところだろう。出たこと自体、軽率というか、驚きだが。

出た、と口パクで一人目に伝える。一人目はそれを受けて小さく頷く。

「私だ、分かるな」

『やっぱり先生か』

二人目の声だった。お互いに相手を認識して、ホッと一息……つく状況でもないな。

しかし電話するのはいいが……してどうする？

「携帯電話を紛失してしまってな、公衆電話からかけている」

半分ぐらいは嘘ではない。電話をかけているという部分が本当なのだ。

『道理で電話が繋がらないわけだよ。そんなに急いでいたのか？』

「そんなところだ。しかし、よく出る気になったな」

一つ間違えれば事件に発展してしまうところだぞ。

『この電話の履歴を見たらよ、何ヶ月も誰からもかかっていないんだ。親戚なんてのも登録されていないし、ああ、そういうガキなんだなって思ってさ。だから大丈夫だと思い、こんな状況ならかけてきたのも先生かなぁとも考えて出てみたわけだ』

「なるほどな」

それはいいのだが、視界の端で動いているやつが気になる。

さも名案が閃いたように指を鳴らして、一人目が動き出す。

「少々場を繋いでいてください」とホテルマンを気取るように耳打ちしてホテルの外に出て行った。なにを考えているんだ？　首を伸ばしてその後ろ姿を目で追うが、確かめる前に二人目が受話器の向こうで喋り出していたので、慌てて電話の前に顔を戻す。

『なんだかかわいそうな子じゃないか。親戚には冷たくされて、家族も皆殺し。だから先生のとこに身を寄せているのか知らないけどさ、その先生が見殺しにしようっていうんだ。酷いもんだぜ』

誘拐犯が同情めいたことを言っている。多分に私への挑発が混じっているようだが。

「見殺しにするなら電話などかけないだろう」

『そりゃーまー、そうなんだけど』

こいつの算段としては私を始末するために、受け渡しの状況でも作りたいのだろう。だから、麻理君を救う方向に持っていかなくてはいけないわけだ。

「そう、だな……むしろこちらから信用を作らせてもらおう」

『うん？　悪いが俺は頭悪くてね、文学的表現はいいから分かりやすく言ってくれよ』

「金は欲しくないか？」

これ以上に分かりやすい言い回しなどあるまい。

「逃げるなら金はあった方がいいだろう。私はこれでもそれなりに預金がある。五千万程度なら譲ってもいいが、それで手を打たないか？」

『身代金ってわけかい？』

「そうなるな」

『五千万か……』

「足りなければ倍出してもいい」

金額を吊り上げる。億の代に載ったことで、二人目が息を呑んだようだった。

或いはそういう演技かもしれないが。

『見直したよ先生。あんた今時珍しい人情家じゃないか』

「金の使い道に困っていてな」

私の言い分をどこまで信用しているものか。私としては、本当にそれで片付くならそいつも悪くないと思っている。使い道など実際なかった。将来を考えて預金、などというものは一切必要ない。金がなくなったら稼げばいい。それだけの資質と価値が、私にはあるはずだった。

生涯現役でいくつもりだからな。死の際まで小説を書いて、あの世にパソコンを抱いて持っていくと決めていた。むしろ霊体でこの世に留まって、書き続けているかもしれない。

私はもう、二度と、小説家としての死を迎えるつもりはない。

『なに笑ってるんだよ』

二人目が訝しむ。どうやら、軽く笑い声が漏れてしまっていたようだ。

「なに、取るに足らないこと……」

私の声を遮るようにいきなり、調子の外れた歌声が外から聞こえてきた。

『うぇぉっ！』と二人目も驚愕の声をあげている。そして電話の音が一気に遠くなった。

なんだ、と状況が混線するものの、依然、歌は続いている。よく聞くと私の知っている歌詞だった。ときのうずーとかなんとか言っていた。そう、私がかつて作詞したものなのだ。

どこのバカが歌っているのだ、と怒鳴ってやめさせたくなる。あぁ、恥ずかしい。

ホテルマンは入り口方面を一瞥するものの、確認のために動こうともしない。繁華街に加えて駅前ということもあり、酔っ払いのワンマンショーには慣れたものなのだろう。しかし近いし、どうにも音の角度が妙に高いように思う。

「おい、どうした？」

二人目の反応がなくなる。息づかいすら聞こえてこないので、電話から離れてしまったようだ。しかし通話が断たれているわけでもなく、何度か呼びかけてみるが反応はない。

そうこうしている間に歌声も聞こえなくなって、ホテルのロビーが再び静かなものとなる。

思わず故障でも直すように受話器を叩くと、それに応じるように声が再びよみがえった。

『あ、先生。片付きましたので二階にどうぞ』

声から野太さが失われて、軽薄なものとなっていた。やはり故障か、と最初は考えたがちゃんと聞いてみると一人目の声だった。どういうことだと聞く前に電話が切れてしまう。外を向き、一人目が歩いて戻ってくる気配がないことを感じ取ってから、エレベーターへと向かった。

電話に出られるということは、部屋に入ったということだろうか。……どうやってだ？

二階に上がると、右から数えて三番目の部屋から一人目が顔を出していた。目が合って、にこりと、私に微笑む。

「首尾よくいきましたね」

どうぞと招き入れてくる。警戒しながらも踏み込むと、中には床に横たわる人影があった。

麻理君よりずっと大柄な男だ。顔面を真っ赤に腫れ上がらせて、泡を噴いている。意識はないか、あってもほとんど機能していないようだ。誰がやったかは、容易に想像がつく。

近寄り、屈んで携帯電話を回収する。ついでに男の容姿を確かめる。顔面にタラコが張りついているように腫れて判別しづらいが……「うむ、私の描写通りの男だ」これなら間違いない。

「……しかし色々と考えたのがバカらしくなるな」

こんな力業でどうにかしてしまうとは。開け放たれた窓から、どこを侵入口としたかは察しがつく。そういえばこいつ、麻理君の部屋に忍び込むときも二階から入っていたな。高所は手慣れているわけだ。外から、夜と共に冷えきった寒気がふき込んでくる。

向かいに見える駅から、電車の発車する音が聞こえてきた。

「どうやって開けさせた？」

「騒いだらあっちから開けてくれましたよ。僕を外へ突き落とそうにも窓を開けるしかないですからね。いやぁここが二階で助かりましたよ、三階はさすがに上れません」

一人目が朗らかに笑う。あぁ、あの下手な歌はこいつの仕業だったか。

「お前音痴だな」

「わざとですよ」

一人目がムッと、遺憾であるような表情を見せる。気にしているらしい。

とはいえこちらも助かった。私が取っ組み合いなどしたところで、どうにもならないだろう。

下手をすれば命取りになる。だが命はこんな場面で懸けるものではない。

私の命はすべて、小説のためにあるのだから。

二人目を俯《うつぶ》せに転がして、背中に揃えた両手首を、水に濡らして絞ったベッドシーツで縛り上げた。すべて一人目が処理した。手慣れているなぁ。まぁ余罪への言及は控えよう。

「こいつ、財布とか……あった、そりゃあるか。ホテルに泊まるんだから。ふむふむ……免許証も発見と。こいつの名前は佳里裕太《かりゆうた》らしいですよ」

一人目が二人目の懐を探り、その名前を明らかにする。「ほぅ」と反応はしたが、大して興味もない。結局そいつは、私の中では二人目という見方に落ち着くだろう。

「後はどうしましょうね。僕たちが通報するわけにもいかないんですが」

「ぼくちんわるものでーす、と書いて顔に貼っておけばいいんじゃないか？」

掃除に来た人が気づいてくれるだろう。

「それいいですね」

ベッド脇のメモ帳を破り、ボールペンを持った一人目が二人目の指先に無理矢理、ペンを握り込ませる。筆跡を現場に残す気はないようだ。強引に腕を動かす度、歪んだ指が痛むのか二人目のくぐもった苦悶《くもん》が聞こえてくる。一人目はそれにはまるで無頓着に、腕とペンを動かし続けた。

「うーん、下手な字だ。まぁいいか」

出来映えには不服らしいが、メモ帳を完成させて二人目の額に張りつける。セロテープもないのになにで固定する気かと思ったら、ベルトだった。二人目の腰からベルトを引き抜き、頭を万力のように締め上げて、その間にメモ用紙を挟む。当然、二人目の遠慮なく締め付けられた額は真っ赤になり、次第に青くなるかもしれないが私たちの関与することではなかった。

眺めて、えらくあっさり片付いたものだと拍子抜けしそうになる。いくらここで麻理君が死なないと確信して行動したとはいえ、一波乱あるかと身構えていたが……まぁ平和的に解決したならそれが一番だな、と二人目の腫れ上がった顔を見ながら思った。

「しかし先生の予知って、本物なんですね。感服しました」

「そりゃどうも……」

褒め言葉を頂戴したところで嬉しくもなんともない。

とにもかくにもこれで、後始末も含めて完了である。あとは……ええと、そうだ。

「ところで肝心の麻理君はどこだ？」

「……あれ？　どこですかね？」

一仕事終えて満足げにしていた一人目が、指摘されて左右に頭を振る。見当たらない。

まさかとは思うが、犯人とまったく違う人をぶちのめしたでは洒落《しゃれ》になっていない。誤認は困る、と二人で慌てて麻理君を探す。バスルームを覗いてみたが掃除の行き届いていないユニットバスがあるだけだ。まさかとは思うがトイレの蓋もあげてみる。いない。ホッとした。洗面器の下側も覗いて確認してからバスルームを出ると、「いましたよ」と一人目から報告があった。見ると一人目が四つん這いになり、ベッドの下を覗いている。

今が好機とこいつも縛り上げちゃった方がいいのでは、と一瞬考える。が、返り討ちにあいそうなので諦めて私もベッドの下を覗く。果たしてそこに麻理君はいたのであった。

猿ぐつわを嚙まされて手足も縛り上げられている麻理君が、遺体かミイラのように安置されている。一人目と協力して引っ張り出すと、麻理君は白目を剝いて気絶していた。

「うわぁ、酷い顔になっていますね」

「閉所が苦手だからな、お前のせいで」

嫌みを交えて教えてやる。「あ、そうッスか」と一人目は軽く流した。

麻理君の拘束を手分けして解いていく。やはり一人目の方が手際はずっと優れている。すべて外すと、一人目は麻理君に凝視されるのを恐れてか部屋の入り口まで離れていった。

やむなく私が抱き起こし、頬を叩いて覚醒を促す。極力、優しく叩いたつもりだったが麻理君が怯えたように顕著な反応を見せる。そして起きた直後は怯え竦《すく》むように仰け反ったが、私の顔を見てか、目を見開く。その開いた目から安堵か、出所は分からないが大粒の涙がぼろりぼろりと、溶けるように流れ出てくる。

「せん、せっ」

「お、おう」

こういうのは、苦手なのだが。子守りなどやったことがない。

泣き腫らしたであろう目もとはとうに真っ赤なのだが、鼻水も「ぐひっ、ひっ」と垂れ流れて、一人目でなくても酷い顔だと言いたくなる。が、さすがの私も女性の容姿をとやかく言うほど失礼ではない。

麻理君が私の腕を服ごと、ちぎるように強く摑む。爪が食い込み、すぐにも皮がやぶけそうだ。血管にも刺さっているその指の冷え具合に、私の血も寒気に身震いするようだった。

「元気か。あ、いや、無事か」

二人目との会話で学んだことを活かそうと言い直す。麻理君は泣き崩れた顔を更に歪ませて、しかしその後にハッとするように口を開く。なんだ、と訝しんでいると。

「わたし、死ぬって本当ですか？」

涙で崩れた顔と声が、私に縋るように尋ねる。

二人目にテレビは見せてもらったらしい。優しいというか、余計なことを。

本当のことなので、返事に困惑する。

こんなとき、なんて言えばいいか……こんなとき。

私の作品の主人公だったら、どう、安心させるだろう。……くそ。

きざったらしい台詞ばかりしか、思いつかない。

「だからここに来た」

手を握り返しながら、頭を真っ白にして言う。……答えに、なっているのか？

その答えが出る前に、麻理君が再び白目を剝いて意識を失う。がくんと頭が垂れ下がったことに驚き、慌てて首に手を添える。

「……殺し文句、ではないか」

生きていることを確認してから、脱力する。

自分の命よりも、今はこの子の方が重かった。


「自転車籠に押し込んじゃえばいいんじゃないですか?」

「警察に見つかったら怒られるだろう」

そういう問題ですかね、と一人目が肩を揺らした。

ホテルから脱出する際は大慌てだったが、小屋に近づくにつれて気が抜けて、体力の限界に息が上がるようになっていった。麻理君を背負って歩いているせいで、腰と膝が泣いている。

自転車は一人目に任せていた。二台の自転車を牽引《けんいん》して歩く一人目が提案した、麻理君を荷物扱いして籠に入れるという案を断り、なんとか見知った場所まで帰ってくることができた。

「先生の自転車、いいですね。がんばった褒美にください」

「嫌だ、お前が捕まったときに関連性を疑われる」

「ごもっとも」

一人目があっさりと引き下がった。そうした部分も含めて、素直なことに驚く。

「お前、本当に裏切らなかったな。意外だったぞ」

「どこまで信用がないんですか、僕は……」

「あると思うのか？」

逆にどこまで自信過剰なんだ、と若干驚く。一人目が恥じるように鼻を掻いた。

「ついでに聞いておくが、お前はなぜこの子を助けようとした？」

諸悪の権化とも言うべき存在に命を救われたと聞けば、どう反応するか。

「話しませんでした？」

「聞いた気もする……いや、忘れたな。本当のところは理由なんてあるのか？」

ないのに来るはずないが。一人目は
「もう興味なくなっちゃいましてねぇ。でもこちらの都合で奪ったものを今更返すこともできませんし、少しぐらいは申し訳ない、と思う気持ちがあるんですよ。……分かります？」

「……お前、天国とか地獄って信じているか？」

「はぁ、少しぐらいは」

だろうな。

「悪人は善意からではなく、己かわいさに善行を行う、ということだな」

悪いことをした分、よいことをして本人なりにバランスを取ろうとする。そんなことでなにかが変わるかといえば、罪が減るわけでもない。完全なる自己満足だ。しかし自分に正直な分、善人の善人たる振る舞いよりは鼻につかないかもしれない。

「一人で納得されても困りますが……」などと言っている一人目は無視した。

それからまたしばらく歩いて、懐かしくも感じる水車小屋が見えてくる。

曲がり角から見えたあたりで、一人目に言った。

「早めに逃げた方がいいぞ。麻理君が目を覚ましたら大騒ぎだ」

「分かっていますよ。でも小屋の前まではご一緒します」

「なぜだ？」

「小屋の所に望遠鏡ありますよね？　あれ、ちょっと覗いてみたいんですよ」

どんな理由だ、と呆れる。しかし同時に、分かる、とも共感している自分がいた。

道の端を通り、迂回《うかい》するようにしながら小屋の表を覗く。女刑事の車は既になくなっていた。私たちを血眼で探し回っているのかもしれない。しかし鍵は見つかったんじゃないか、よかったなぁと喜んでやる。「いやぁよかったよかった」と、一人目も軽薄に喜んでいた。

もし本人に聞かれたら、眉間に拳銃でも突きつけられそうだ。

薄暗い小屋に戻る。電気も全部消していったのか、律儀な女だ。腹いせに叩き折られているかと思ったら、望遠鏡は健在だった。よしよし、とその表面を撫でる。

そこに、自転車を奥に停めた一人目が戻ってきた。そのまま望遠鏡の前に陣取る。

「外で好きなだけ見ていろ。で、見たらいなくなれよ」

「ええ。後は先生にお任せしますよ」

一人目が気楽な調子で言ってくれる。どうやら、これで麻理君の命は救えたと思っているらしい。むしろ、これからだというのに。まぁ話せば居着きかねない、黙っておこう。

小屋に入ると、ご丁寧に暖房も切ってあった。溜息をつきながら入り口脇のスイッチを押し上げる。居酒屋側の電気が灯り、室内が寒々しいままながらも明るくなる。

まずは麻理君を布団に寝かせようと奥へ向かう。上がる際、靴を脱ぐのが面倒であいつらの気持ちが少し分かった。横着に脱ぎ散らかして、私の布団だがまぁいいかと敷きっぱなしのそこに麻理君を寝かせる。掛け布団を肩までしっかりかけた後、寝顔が落ち着きを取り戻していたので、ホッとする。

今回はなんとか凌げた。この子の無事を求めるために、これからはもっと徹底しないと。

小屋の中に変化はないかと確かめると、私が残した書き置きに付け足しがあった。外出中という部分に横線を引いて抹消して、その下に『明日来ます。覚悟しろ』と脅し文句がくっついていた。警察が民間人を脅迫している証拠である。テレビに出演して訴えたいぐらいだ。

などと、書き置きを睨んでいたときだった。

いきなり身体が回った。正確には左腕がねじれて後ろ側を強制的に向かされる。急な痛みと動きに目を白黒させていると、腕をちぎるか折るかするように拘束を強めてきた。身体がくの字に折れて、私は目だけを動かして背後を睨む。

天井と私の間で、金髪が猛り狂うように宙を踊っていた。

その髪の回転で、正体が判明する。

あの女刑事が犯人を確保するように、私の腕をねじって拘束していた。

居酒屋のカウンターの調理側に屈んで、隙を窺っていたようだ。

「……明日、来るんじゃなかったのか」

虚勢を張ってみる。まだ日付も変わっていないというのに、嘘つきめ。

「明日も来ます、と書くのを間違えました」

「表の車はどうした？」

「余所に停めてあります。……案外、あっさりかかりましたね」

「お、鍵が見つかったのか。よかった、あがががが」

明らかに私怨で手首を捻られる。くそ、投げたのは私じゃないぞ。

喜んだのは私だが。

古典的な罠に引っかかってしまった。私が二人目に行ったことをやり返された感じだ。

こういうのを、人を呪えばなんとやら、というのか。

「さぁ洗いざらい話してもらいますよ」

「うがっ」

手首を縦にねじられて、腕に激痛が走る。抵抗したいが、余計なことをして外の一人目に気づかれても困る。やつのことだから異変を察知して既に逃げ出していることだろう。その方がこちらにも都合よかった。

「麻理玲菜ちゃんは無事みたいですね。……オークワには行っていないみたいですが」

わざわざ寄って確認してきたらしい。スーパーのレシートを見せてくれる。

買ったものはアンパ○マンポテトとある。懐かしいな、まだ売っているのか。

「さっき一緒にいた、そう、分かりましたが……一件目の犯人はどうしました？」

女刑事が一人目の所在を尋ねる。気づいたか。見ると棚から小説が引き抜かれている。勝手に読んで確認したらしいな。整頓して置いてあるのだから、ちゃんと棚に戻せよ。

「知らんな。途中で逃げてしまった」

「なぜ、最初に教えてくれなかったんです。本当に共犯だったとは考えにくいのですが」

左腕の親指を握ってくる。返答次第ではへし折ると言わんばかりに。

「勝手に上がり込んできたんだ。あんたと一緒だ」

「ぐいっ」

「ががが－！」

思わず叫んでしまう。これは質問ではなく拷問ではないか。

「ちゃんと答えないとですね、爪を一枚ずつ、」

女刑事が怖いことを言い出している途中だった。

私が悲鳴をあげるより早く、一本の線が耳を貫く。まさしく音速というものを体感するように、耳が痛んだ。小屋の奥、流し場の方から響くそれに全身が萎縮し、硬直する。

私の叫び声などお遊びとばかりにかき消す、甲高い、振り切れた絶叫だった。

思わず、窮屈な姿勢ながらも女刑事と顔を見合わせる。

「な、なんだ？　お前の仕業か？」

「いえ、これには覚えが……」

お互い大嘘つきではあるが、目を合わせれば今回はどちらも予想外であるのが分かる。

状況を把握すべく首を振ると、布団の中で寝ていたはずの麻理君の姿がないことに気づく。女の声、麻理君……叫び声は、まさか。

「まさか」

外にいたあいつが、と入り口に振り向いたあたりで奥から二つの人影が転がるように飛び出てくる。そのどちらにも見覚えがあった。先に出てきたのは、一人目。次に出てきたのは裸足の麻理君だった。一人目は側の椅子の背もたれを掴んで転倒を回避したが、麻理君は受け身も取れずに肩をぶつけて、無様に倒れ込む。

倒れた麻理君の呻き声は随分と低い。聞いたことが、そう、覚えがあった。

私と最初に会ったとき、こんな声で聞いたのだった。

あなたはなにを知っていますかと。

麻理君がよろめきながらも起き上がり、こちらへ近寄ってくる。

それはいいが、その手には奥から持ってきたのか、包丁が握られていた。

女刑事も私の背後で息を呑む。私を相手している場合ではないだろう、これ。

幸いなのか不幸なのか、まだその刃には赤い体液が付着している様子はない。肩で息をしながら涙と鼻水を流す麻理君の顔が熟すように赤く染まる。

怒りが蓄えられすぎて、そのまま、弾け飛んでしまいそうだった。

「いやぁ、お手伝いのお駄賃としてね、自転車の鍵をこっそり頂戴しようとしたら見咎められたうえに正体も見抜かれちゃって。描写が細かすぎるのも考えものですねぇ、先生」

一人目が場違いなほど経緯を朗らかに語ってくれる。その視線が、女刑事の方をさりげなく捉えて厄介そうな表情を形作っていた。こいつは、そう、こいつは。

「ば、」

バカが。ちょっと、ちょっと待て。こいつはバカだが、いや、それ以上に。

目が、痛い。声も遮るほどに、光が目を焼き焦がす。

こいつは、そう、まさか。

叫び声が私の顔を押し上げる。麻理君が叫び、涙を流して。消耗しきった身体を柔らかい枝のようにしならせながら、不格好に一人目に駆け寄っていく。それを見た女刑事が静止しようと私の拘束を緩めだして、一人目が指を鳴らしながら、麻理玲菜がやってくるのを待ちわびる。

そこで遂に、稲光の予知と目の前の情景の輪郭が、完全に一致した。

こういうことか。

こういうことかと。望遠鏡の意味を、一人目がここに来た意味を。

麻理君がここへやってきた運命を。

その輪郭のすべてを、理解する。


無我夢中に駆け出す。足の裏側が煤けた石造りの床の上を滑り、もどかしく、前に進めている実感がなかった。首の脈拍だけが加速を続けて、嘔吐の感覚と共に時間が迫り上がる。手足が水中をもがくように緩慢となり、景色もまた、輪郭が緩む。糸がほつれて景色と物体、人影の存在が溶け合う。視界を駆け抜けるのは光の粒だけとなり、それを掻き分ける度に頭の中で洪水が巻き起こる。椅子を蹴倒して膝から下をそこに置いていくような喪失感をも乗り越えて、駆ける。前へ、駆ける。

走り抜ける風がぶつかり、肌を引き裂く。

刃の線が正面の影を捉える前に、風が向きを変える。引っ掴み、もがき、奪われた銀の刃が、引き返そうと切っ先を揃える。獲物は、快楽を提供するための狩りの対象でしかなかった。

囲炉裏の灰が夜風で舞い散り、天井を舞う。

麻理玲菜の喉元に、白刃が差し迫る。

だがしかしところがにも関わらずされども、ところが、どっこい！

私の考えなしに突き出した腕が、包丁と交差する。

一瞬そこで時が静止し、私と、一人目が見つめ合う。

今がそのときだった。

だい、どんでん、返しだ。

返して、みせる！

　刃の進路は麻理君の喉元から変更されて、私の腕から肘を鰻のように引き裂く。薄く削げていく服と皮が閃光のように激痛をもたらし、あまりの痛みに貫かれて仰け反ると、白刃は角度を変えて視界から消え去った。同時に私の腰の側がカッと熱くなり、糸がぶちぶちと切れたように身体が折れた。視界が傾き、倒れ込む。その際、椅子の脚に側頭部を強くぶつけた。

　いてぇな、この。腕の傷が最初に痛んで、次に頭。最後に血と床の擦れ合う感触が、もう一つの大きな傷の存在を教える。

　勢いあまった刃が私の脇腹を刺し貫いてしまっていた。寒い。傷が寒い。服がないせいか、と探ってみると肉もすっかりえぐれて、そりゃあ、内臓がひゅうひゅぅ冷えるわけだ。

　ばくん、ばくんと脈が酸欠の金魚のように口を開き、猛烈に、生を訴える。生きていた。命が引き絞られて、今にも切れそうな弦のように突っ張る。

　麻理君の悲鳴じみた叫び声に、意識を引き戻される。それだけ声があがるなら、健康そのものだろう。安心して、すると途端に腹が減った。減ったというか、スカスカだ。そりゃあそうである。傷口に触れようとしても腕の感覚が鈍って、触っているか分からなかった。

額が重い。頭蓋骨が膨れあがっているようだ。だけどその奥で、頭だけが動き続ける。

土手っ腹に穴が空いて、むしろ、物分かりがよくなる。

過剰な血が抜けて、頭が冴え渡るようだった。

こういう、ことか。

「これ、が、続き、」

決めかねていた話の『オチ』を、私が書き換えたのだ。

作者は作品にとって『神』だ。私だけが、予定外を描くことができる。

……なんだ。

やっぱりどれもこれも、私の小説だったんじゃないか。

そうなれば話は別だ、と散らかっている小説に微笑む。

愛しているぞ、お前ら。

「あーらー、すいませんねぇ、先生」

一人目が悪びれないままに謝る。こっちでもいいか、という顔だ。麻理君か私にここで重症を負わせれば、女刑事がすぐに追いかけてこられないだろうと考えたわけだ。

なんて自分勝手なやつだ、と笑ってしまう。

悲鳴が一つと、あとは……聞こえない。耳に血が溜まっているように音が遠い。立っているかもよく分からないが、血塗れの手で一人目の手首を摑む。

一人目は目を細めて、私の言葉を待つ。

私は、血を吐くように、言った。

「いや、これで、よかった」

私の自転車の鍵を託す。鍵の先端から、伝う血がこぼれて床に落ちた。

金属の銀色と混じり合うと、赤色って、きれいなものだな。

「どうも。それじゃあ、先生。本は必ず読みますよ」

鍵を受け取った一人目が嬉しい別れの挨拶を残して脱兎《だつと》の如く駆けて逃亡する。女刑事は電話越しに大声で指示しながら、その場を離れない。私を見捨てることができないらしい、一人目の計算通りだ。そもそも、お前がしゃしゃり出てこなければ……

いや、違うな。

これが、私の望んだ未来なのだ。

だって、麻理君が生きているじゃないか。

「これで、どうだ、」

あのヤブ医者、め。

腹に力が入らない。気を抜くと目がぐるんぐるん、縦に回った。

視界と意識が、縦に、揺れて。

小さい記憶の欠片が、隙間からこぼれ落ちた。


『遅くなってすみません』

黒く染まった夜の道に雨が跳ねて、足首に時折冷たいものが触れてくる。少し肌寒い、秋の深まった時期だった。僕は深夜にも絶えることのない都会の明かりに翻弄されながら、紹介されたビジネスホテルの前で担当編集者と別れの挨拶をしていた。

夕方から始まり、日付が変わるまで編集部での打ち合わせが続いてどちらも疲労困《こん》憊《ぱい》で、けれど強い充足感が肌に張っていた。修正点が山ほど書き込まれた原稿を脇に抱えながら、僕は『いえいえいえ』と手を横に何度も振る。

『作品をちょっとでも面白くしたいですから』

建前ではなく、本心からの言葉だった。それは読者によい物を提供したいと思うのと同時に、質を高めていかなければ作家として生きていけない、と常に危機感を抱いているからだった。

『僕も頑張りますよ、もうほんと余裕ですよ』

口癖を交えて調子のいいことを言う担当編集者と別れて、ようやく、一息つく。

打ち合わせのために編集部を訪れたのは、これで三回目だ。このホテルに宿泊するのも三度目で、部屋の構造にも慣れたものだ。鞄を放り投げるようにして、原稿は机の上に丁寧に置いて、それからベッドに大の字に寝転ぶ。座り込んで曲がっていた関節を伸ばすと、耳鳴りと共に解放感が全身を包む。窮屈だった身体が一気に自由となり、ベッドに身体を押しつける重力さえ愛おしい。そして耳鳴りが過ぎ去った後、僕は自分でも不気味に思う笑い声をあげた。

編集部で原稿を渡される前に貰ったものがある。ファンレターだ。デビューしてから三ヶ月ぐらいしか経っていないけれど、早くも送ってくれる人がいた。原稿の入った茶色い封筒に一緒にしまってあるそれは白い封筒に入ったシンプルな手紙で、送り主は中学三年生になる女の子だった。僕の作品のヒロインとそっくりなんて書かれていて、『いいのかそれは』と思わず心配してしまう。作品の内容が内容だけに、大げさなほど身を案じてしまった。

そんな杞憂はあれど、嬉しかった。肌がくすぐったくなり、なぜだか無性に照れてしまう。誰に見られているわけでもないのに『いやぁそんな』と壁に向かって弁解してしまう。

こうやって、誰かに認めてもらえる機会なんて今までにそうそうなかった。

特に、自分の『やりたいこと』が評価されるなんて、これが初めてだった。

そうしたむず痒さに落ち着けと笑い、目を瞑る。

今日はもう遅い。それどころか明日になってしまった。まずは眠って、日が昇ったらすぐに家へ帰り、原稿の修正を始めよう。それがいい、とそのまま寝てしまおうとする。

だけど疲れているはずなのに、いくら目を瞑っていても、意識が目の奥にすとんと落ちていくような感覚が訪れない。むしろ目玉の上で意識が足踏みを繰り返すようだ。

夏休みが待ちきれない子供みたいに、そわそわと僕をせっつく。

僕は結局眠ることができなくて、ベッドから飛び跳ねてノートパソコンの電源を入れる。封筒から原稿を取り出し、一ページ目から修正点でびっしりのそれに、『うへー』と嬉しい悲鳴をあげる。本当は、一度書いたものに手を入れるのは抵抗があった。新しく作り出すよりも苦手に感じて。だけど自分の作品に手を入れる価値があると、編集者が認めてくれているのだと思えばやる気もムンムン湧いてくるというものだ。

小説を、書きたい。書いたものを世に送り出して、たくさんの人に読んでほしい。

僕が面白いと思うものを、誰かにも面白いと言ってもらうのが、なによりの幸せだった。

窓の外からはパトカーのサイレンが聞こえてくる。

夜中に外を歩くこともできない田舎で暮らす僕には、それすらも驚きとなる。

町は眠らない。そして僕も、眠れない。


そうそう。

私は……あー、あー。僕は、そんなやつだった。

流れ出る血に追いやられるように出てきた、忘れていたものを思い出す。懐かしくて、未来が光って。若さも夢も溢れて、足りないものは実力だけだった。胸がつかえるほどに情熱に突き動かされて、あのとき確かに、僕は夢の中を突き進んでいた。

戻りたくなるような、引き込まれるような引力を感じる。

だが今は、『私』だ。

自分というものは常に、今ここにいるものですべてだ。

後悔も、回顧も。全部、今の私しか生み出せないものなのだ。

そしてそんな私が望むことは。

先生、と呼ばれる。女の声、女刑事か、麻理君か。

どっちにしても、邪魔だ。

「どけ、よ」

押しのけて、前に出る。入り口と正反対、小屋の奥へ。

パソコンが、原稿が、私を待っている。

生き残ったんだ。麻理君は死ななかったんだ。私の予知は、外れた。

なにもかも予定通りじゃないか。

だから私に残るものを、存分に。

過去はあくまで、過ぎ去った出来事でしかない。

しかし、思い出が私に与えてくれるものもある。

光が見える。部屋の明かりとも違う、星のように強く、目に焼きつくような光だ。

私の中を駆け巡る電気が奮い立っている。それを、邪魔だ、と血で上書きする。目の奥にまで血液を塗りたくるようにして、ちりちりと目を焦がすそれを塗り潰す。消えろ、消えろ、消えた。

予知などもう不要だ。これからの物語はすべて、私が書く。

目の前が真っ赤になってしまった。パソコンは、どこだ、どこに行けばいい。なにも見えなくなってしまった。誰か、教えろ。場所を予知させろ。自分が立っているのか、上を見ているのか下を見ているのかも分からない。真っ赤な暗闇に落ち込んで、出てこられない。

ピントの合わない望遠鏡を覗いているときと同じだった。一面は闇に染まり、染みもなく、変化もなく。水底で震えるように、なにも見つけることが叶わなくて。どこを向いているかも分からなくて。

私は、光を求めた。電流の咆哮《こうこう》ではなく、己から生じた閃きの行き着く先を示せと。赤い闇を抜けて、その先に希望を見出すために。

「……あ、」

星が見えた。

稲光のように鋭く貫くことのない優しい光が見える。

パソコンの、画面の輝きだ。誘われている。僕の相棒に、呼ばれている。

今行くと、力強く応える。

私はそこへ、今にも噴き出しそうな閃きを向けてやればいいのだ。

かたり、かたりと指が先走って動き出す。待ちきれないのは私もだ、と笑う。

腹の底を全部洗い落とすような、心からの歓喜が笑顔を形作った。
私は、理解する。
物語は、ここから始まるのだと。

軽くなりしかし重苦しい身体を引きずりながら、手を伸ばす。
書き記すことが自分のすべてだから。
私は、

あとがき

夢にもパターンがあり、私がよく見るやつの一つに、学校のテスト編がある。

舞台は中学か高校の教室であることが大半なのだが、今日その場で試験が始まるか、明日がテストということを知らされる。その後は場面が省略されて試験真っ只中《ただなか》に放り込まれることが多いのだが、私はさっぱり問題が解けない。こりゃあまずい、怒られる。やばいやばい、やばいと絶望していくのだが試験の終わりごろ、ふと気づく。

あぁでも、私はとっくに学生ではないのだから、大丈夫だと。

そう気づくと、次の瞬間には目が覚めている。

夢から現実へ浮上していくのを、如実に感じられる話でした。

本編への話は特にない。

一つ言うならこの作品はフィクションであり、参考にした人物、事件等は一切ない。

邪推は止すように。

あとタイトルは最初、ノベルマックスにしようかと思っていた。それと男が一人で表紙を飾るのは著作の中では珍しいかもしれないな。銅像とかならあったんだが。関係と脈絡はないが、メタルマックス２：リローデッドは素晴らしいゲームだ。グロウインの島やメルトタウンの雰囲気が好きだな。もし興味を持たれたらぜひ遊んでみてくれ。

最後まで読んで頂いたことに感謝する。

遅くなったが今年もよろしく。

××××

入間人間　著作リスト

探偵・花咲太郎は閃かない（メディアワークス文庫）
探偵・花咲太郎は覆さない（同）
六百六十円の事情（同）
バカが全裸でやってくる（同）
バカが全裸でやってくるVer.2.0（同）
昨日は彼女も恋してた（同）
明日も彼女は恋をする（同）
時間のおとしもの（同）
瞳のさがしもの（同）
彼女をすきになる12の方法（同）
たったひとつの、ねがい。（同）
19　―ナインティーン―（同）
僕の小規模な奇跡（同）

僕の小規模な自殺（同）
エウロパの底から（同）

嘘つきみーくんと壊れたまーちゃん　幸せの背景は不幸（電撃文庫）
嘘つきみーくんと壊れたまーちゃん2　善意の指針は悪意（同）
嘘つきみーくんと壊れたまーちゃん3　死の礎は生（同）
嘘つきみーくんと壊れたまーちゃん4　絆の支柱は欲望（同）
嘘つきみーくんと壊れたまーちゃん5　欲望の主柱は絆（同）
嘘つきみーくんと壊れたまーちゃん6　嘘の価値は真実（同）
嘘つきみーくんと壊れたまーちゃん7　死後の影響は生前（同）
嘘つきみーくんと壊れたまーちゃん8　日常の価値は非凡（同）
嘘つきみーくんと壊れたまーちゃん9　始まりの未来は終わり（同）
嘘つきみーくんと壊れたまーちゃん10　終わりの終わりは始まり（同）
嘘つきみーくんと壊れたまーちゃんi　記憶の形成は作為（同）
電波女と青春男（同）
電波女と青春男②（同）
電波女と青春男③（同）
電波女と青春男④（同）
電波女と青春男⑤（同）

電波女と青春男⑥（同）
電波女と青春男⑦（同）
電波女と青春男⑧（同）
電波女と青春男SF（すこしふしぎ）版（同）
多摩湖さんと黄鶏くん（同）
トカゲの王Ⅰ　—SDC、覚醒—（同）
トカゲの王Ⅱ　—復讐のパーソナリティ〈上〉—（同）
トカゲの王Ⅲ　—復讐のパーソナリティ〈下〉—（同）
トカゲの王Ⅳ　—インビジブル・ライト—（同）
トカゲの王Ⅴ　—だれか正しいと言ってくれ—（同）
クロクロクロック1/6（同）
クロクロクロック2/6（同）
安達としまむら（同）
安達としまむら2（同）
強くないままニューゲーム　Stage1　—怪獣物語—（同）
強くないままニューゲーム2　Stage2　アリッサのマジカルアドベンチャー（同）
僕の小規模な奇跡（単行本　アスキー・メディアワークス）
ぼっちーズ（同）

本書は書き下ろしです。

メディアワークス文庫

エウロパの底《そこ》から

入間人間《いるまひとま》

発行　2014年3月25日　初版発行

発行者　塚田正晃
発行所　株式会社KADOKAWA
〒102-8177　東京都千代田区富士見2-13-3
電話03-3238-8521（営業）
プロデュース　アスキー・メディアワークス
〒102-8584　東京都千代田区富士見1-8-19
電話03-5216-8399（編集）
装丁者　渡辺宏一（有限会社ニイナナニイゴオ）
印刷・製本　旭印刷株式会社

Printed in Japan
ISBN978-4-04-866508-7 C0193
メディアワークス文庫　http://mwbunko.com/
株式会社KADOKAWA　http://www.kadokawa.co.jp/

本書に対するご意見、ご感想をお寄せください。

あて先
〒102-8584　東京都千代田区富士見1-8-19　アスキー・メディアワークス
メディアワークス文庫編集部
「入間人間先生」係